영원한
것은
없기에

PUISQUE RIEN NE DURE
by Laurence Tardieu

이 도서의 국립중앙도서관 출판시도서목록(CIP)은
e-CIP 홈페이지(http://www.nl.go.kr/cip.php)에서 이용하실 수 있습니다.
(CIP제어번호: CIP2008003165)

영원한 것은 없기에

Puisque rien ne dure

로랑스 타르디외 장편소설 | 이창실 옮김

문학동네

차례

뱅상

2005년 6월

난 죽어가고 있어 뱅상 난 죽어가 보고 싶어 마지막으로 한 번만 더 보고 싶어 당신을 보고 만지고 당신 목소릴 듣고 싶어 보고 싶어 뱅상 난 죽어가. 그녀는 편지에 이렇게 적고 있었다. 편지지 맨 밑에는 너무 작아 잘 보이지 않는 글자로, 역시 연필로 씌어진 그녀의 이름이 눈에 띄었다. 편지의 나머지 글들처럼 기력이 다해 흔들리는 글씨였다. 이 이름만 아니었다면 어린아이가 쓴 글이라고 믿어도 좋았다. 미소를 지으며 편지를 구겨 휴지통에 던져넣고 잊어버릴 수도 있었을 것이다. 하지만 그 편지를 쓴 사람은 어린아이가 아니었다. 죽어가고 있는 주느비에브였다.

주느비에브. 난 네 이름을 발음해보려고 애쓴다. 내 손과 몸의 떨림을 멈추기 위해 작은 소리로 속삭인다. 주느비에브. 그러나 잘 되지 않는다. 네 편지를 읽은 다음부터, 편지 속에서 전해져 오는 고요한 굉음을 들은 다음부터, 너와 나 말고는 아무도, 아무것도 존재하지 않게 되고, 불현듯 세상이 판지로 만든 초라한 무대장치인 듯 판지 모서리가 찌부러져 내리면서 내가 갇혀 사는 사방 벽들이 드러난다. 너와 나, 두 사람 외에 다른 사람은 들어올 수 없는 벽 안. 다른 이들은 우리로부터 먼 곳, 아주 먼 곳에 있다. 이 벽들은 바로 우리의 고독이니까. 그 안에서 난 너에게, 넌 나에게 부딪친다. 두 사람 다 이 숙명을 피해가지 못한 채. 오늘 오후부터 엄습하기 시작한 허탈감이 그대로 남아 있다. 네 이름을 발음할 때마다 마치 내가 아닌 다른 사람이 그러는 것 같다. 다른 누군가가 나 대신 내 정신을 지배해 조만간 난 사라져버릴 것만 같다. 뭐가 뭔지 알 수가 없다. 누군가 나를, 길을 잃고 만 나를 구해주었으면. 품 안에 안아주었으면.

난 우리가 다시는 볼 수 없으리라 생각했다. 우리가 함께 겪은 일은 어린아이의 꿈에서처럼 슬로모션으로 진행되는 고요한 추락과도 같았다. 오랜 세월이 지난 다음 다시 우리를 쫓아와 괴롭히는 꿈. 그때 우린 한데 묶인 채 끝없이 추락할 수밖에 없었다. 거기서 벗어나려면 서로에게서 떨어져나와야만 했다. 다른 출구는 보이지 않았다. 그런데 왜 넌 우리가 동의한 그 무언의 약조를 깨고 있는 거지? 내가 비겁한 사람이라는 걸 너도 모르지 않을 텐데. 난 죽음이 두렵고, 과거 역시 그래. 더는 생각하고 싶지 않은 과거, 우리의 과거 역시. 주느비에브, 지난 십오 년간 난 이 과거를 지워버리고 살았지. 그 밖에는 달리 방도가 없었으니까. 그것과 나, 둘 중 하나가 없어져야 했는데, 난 죽고 싶지 않았어. 난 마흔 살이었고, 아직은 살아 있다는 걸 느끼고 싶었어. 쾌락과 기쁨을 맛보고 싶었지. 내 육체가 썩어 문드러져가는 걸 용납할 수 없었어. 그저 묘비 위에 이름만 달랑 남긴 채, 마치 이 세상에 존재하지도 않았던 양 나, 뱅상의 모든 게 사라져버린다는 생각은 견딜 수 없었지. 내가 죽은 뒤에도 살아남을 무엇을 난 아직 해내지 못했으니까. 아니, 그보단 이렇게 말해야겠지. 내가 해낸 것, 우리가 해낸 것이 설령 사라져버렸을지라도 나마저 사라져버리고 싶지는 않았으니까. 난 매달리고, 저항하며, 살고 싶었어. 아직 살고 싶었던 거야.

무엇을 생각해야 할지 모르겠다. 난 고속도로에서 전속력으로 차를 몰고 있다. 시시각각 네게 더 가까이 다가간다. 내 안의 무엇, 공포를 닮은 무언가가 울부짖고 있음을 느낀다. 네가 죽어가는 중임을 나 자신에게 환기시켜보려 하지만, 그게 무얼 의미하는지 도무지 이해가 가지 않는다. 다른 사람의 말을 따라

외는 아이처럼 난 천천히 소리내어 말한다. 주느비에브가 죽어가고 있다. 하지만 아무 소용이 없다. 그저 무의미한 시도에 불과하다.

넌 혼자일까? 아니면 곁에 어떤 남자가 있어 참을성 있게 네 이마의 땀을 훔쳐주고, 손을 잡아주고, 마실 것을 가져다줄까? 어쩌면 그 일을 한 아이가 하고 있을지도 모르지. 십오 년이면 아이를 가질 수도 있는 시간이니까. 하나 아니라 둘, 셋도 낳아서 아이가 커가는 모습을 지켜볼 수도 있겠지. 그런데 왜 날 봐야 한단 말이지? 십오 년 전에 모든 게 끝나지 않았던가? 세월이 이만큼 흐르는 동안 난 날마다 있는 힘을 다해 널 생각하지 않으려고, 우리에 대해 생각하지 않으려고 애썼다. 그러다보니 갑자기 우린 존재하지 않은 것이 되어버렸다. 너무도 간단한 일이었다. 그저 믿기만 하면 되었다. 그건 끝난 일이니까 우린 존재하지 않았던 셈이다. 우릴 기억하라고 누가 내게 강요할 수 있었을까? 그건 끝난 일이었고, 우리 사이에 남은 건 아무것도 없었다. 우리 사이에 남은 게 아무것도 없다면 우린 정말 존재했던 걸까? 간혹 머릿속을 번쩍 가로지르는 고통스런 영상들, 난 그것들을 꿈속에서 보았거나 책에서 읽었던 것이 아닐까? 난 마음속에서 이윽고 우리를 떠나보냈다고 믿었다.

우린 상처를 입게 될 거야, 주느비에브. 네가 곧 이곳을 떠날 거라면 왜 굳이 상처를 건드려야 할까? 왜 우리 안의 고통을 휘저어놓아야 하는 거지? 이 모두가 평안히 잠들도록 내버려두는 게 낫지 않을까? 밤이 다가오는 걸 느낄 때 우리가 원하는 건 질서지 무질서가 아닐 텐데 말이야. 밤은 더는 무언가를 찾아 헤매는 시간이 아니니까.

한데 난 너를 향해 가고 있어. 네 편지를 읽자마자 미처 웃옷을 꿰어입을 생각도 못 한 채, 도둑처럼 너를 향해 달려가고 있단 말이다.

차량이 거의 없는 고속도로는 시원스레 뚫려 있다. 정말이지 화창한 날씨다. 오늘 같은 날엔 도시를 벗어나 시골길을 산책하는 것도 좋겠지. 풀밭 위에 몸을 누인 채 아무 생각도 않고 근심 걱정을 모두 털어버리는 거야. 오늘 같은 날에 죽을 순 없겠지. 물론 이런 생각이 어리석다는 건 알아. 죽을 수 없는 날 같은 건 없으니까. 하지만 오늘 저녁엔 아무 생각도 할 수가 없어. 그러니까 아이들처럼 상상할 권리를 내게 줄 테다. 자연이 눈부시게 아름다운 날 죽을 수는 없다고 상상할 권리를 말이야. 우리가 처음 만나 함께 보낸 날들이 떠오르는군. 과거를 기억하고 싶진 않지만 왠지 이날만은 찬란한 모습으로 눈앞에 떠올라. 그 따뜻한 공기와 꽃들이 만발한 들판, 베어 말린 건초 더미가 기억나. 넌 연보라색 원피스를 입고 있었지. 우린 지베르니에 가고 싶어했는데, 난 한 번도 가보지 못한 곳이었어. 넌 물론 그곳을 알고 있었지. 우리가 처음 만났을 때 넌 이미 많은 것을, 다양한 사람과 장소를 알고 있었어. 지베르니에 도착했지만 사람들로 북적대는 걸 보고 우린 그곳을 포기하기로 했지. 다른 사람들과 섞이고 싶지 않았거든. 둘만 있고 싶었어. 세상에 둘뿐이라고 믿고 싶었지. 연인 사이가 된 지 겨우 며칠밖에 안 되었지만 시작의 순간이 너무도 강렬했지. 중요한 건 단 하나, 함께 있는 거였어. 함께 있으면서 입을 맞추고, 이야기를 하고, 서로의 몸을 애무하는 것. 그 밖의 것은 하나도 중요하지 않았어. 우린 시골길을 산책했지. 그런데 하필이면 왜 이날이, 네 연보라색 원피스와 우리가 함께 맛본 기쁨이 생각나는 걸까? 우리가 몇 살이었지? 스물다섯, 스물일곱, 아마 그랬을 거야. 삼십 년의 세월이 흘렀군. 믿기지 않는 일이야. 삼십 년이 흐르다니.

속도를 낸다. 그렇게 할 수밖에 없다. 속도를 내는 건 도로에 주의를 집중하기 위해서다. 오직 도로에만. 안 그러면 과거가 맹렬한 기세로 되살아날 수도 있기 때문이다. 그 기미가 느껴진다. 지베르니에서 보낸 그 화창한 날이 망각 속에서 튀어나오는가 싶었는데, 곧 다른 날들이 잇달아 떠올랐다. 햇빛도, 연보라색 원피스도, 베어 말린 건초도 없는 수많은 날들이. 잊고자 애썼던 끔찍한 날들. 생각하기 싫고, 생각할 수도 없는 날들이다. 내겐 그럴 만한 힘도 용기도 없으니까. 주느비에브를 다시 보러 가다니 무분별한 짓이다. 여기서 차를 돌리고 반대 방향으로 고속도로를 달려 집으로 돌아가, 편지를 잊고 주느비에브를 잊어야 마땅한 일인지 모른다. 편지는 배달이 안 된 채 이리저리 떠돌 수도 있으니까. 해마다 얼마나 많은 편지가 도중에 분실되고 마는가! 주느비에브가 떨리는 손을 가누며 연필로 써나간 이 편지 역시 다른 많은 편지들처럼 떠돌 수 있을 것이고, 나 역시 그 편지를 안 받았을 수 있지 않은가. 그래서 주느비에브가 죽어가고 있다는 사실을 알지도 못한 채, 늘 그렇듯 평범한 일상에 만족하며 예전처럼 살아갈 수도 있지 않은가. 내가 세운 원칙에서 벗어나는 일은 절대로 하지 않으면서. 아, 고통이여 머리를 수그려라. 좀더 잠잠해지거라. 내가 두 다리로 버티고 서 있으려면 그 길밖에 없으니까. 그래, 그 길밖에 없음을 안다.

그러나 난 오던 길로 되돌아갈 수 없다. 더는 속임수를 쓸 수 없다. 난 너와 대면하러 간다. 마치 심연에 맞서러 가는 사람처럼.

습기 찬 날씨이다. 난 아무것도 가져오지 않았다. 스웨터조차도. 그녀한테서 하나 빌려야겠다. 몇 시간 후면 그녀의 스웨터를 입고 있겠지. 어제만 해도 내게 존재하지 않았던 주느비에브, 그녀의 향기가 내 몸을 감싸게 될 테지.

내가 재회하게 될 여자에 대해 생각해선 안 된다고, 파스칼은 말했다. 조금 전 내가 아파트 문을 막 나서려는 순간이었다.

"당신은 병든 여자가 어떤 건지 몰라. 뱅상, 당신은 몰라. 마음의 준비도 안 되어 있으면서 당신 그렇게 가는 거야. 편지를 읽자마자 자동차 열쇠를 손에 쥐더니 그렇게. 그게 무얼 의미하는지도 모르면서."

그녀는 목이 멘 듯 말끝을 흐렸다. 대체 무슨 말을 하려는 걸까? 난 가슴에 손을 얹고 있는 그녀를 바라보았다. 내 앞에 서 있는 그녀의 얼굴이 평소보다 창백해 보였다. 난 이렇게 말해주고 싶었다. 파스칼, 난 지금 병든 여자를 보러 가는 게 아니야. 주느비에브를 보러 가는 거야. 주느비에브가 내게 어떤 사람인지 당신은 모를 거야. 우리 둘이 서로에게 어떤 존재였는지 당신이 알 리 없지. 나는 한 번도 그녀 얘길 한 적이 없으니까. 당신한테조차 말이야. 당신 앞에선 그녀의 이름조차 입 밖에 낼 수 없었어. 안 그러면 우리가 알게 된 이후로 함께 쌓아가려 했던 불안정한 그것이 무너져내렸을 테니까. 단번에 그렇게 되어버렸을 거야, 파스칼. 그러면 난 다시 십오 년 전처럼 헐벗은 신세가 되었겠지. 의지할 데 없이 절망 가운데 주저앉아 있는 비참한 신세가 되었을 거야. 그 당시의 나를 당신은 몰라. 초췌하고 얼빠진 모습으로 비틀거리는 이 사내에게 당신이 다가가지 않았던 게 다행이지.

그 순간 파스칼의 입술이 쉴새없이 떨리는 걸 지켜보며 난 놀라움을 감추지 못한 채 고단한 생각에 잠겼다. 파스칼, 왜 병에 대해 말하는 거지? 거기에 대해 무언가 아는 게 있나? 그렇군. 당신 입술이 떨리고 목소리가 갈라지는 걸 보면 틀림없어. 나처럼 무지하진 않은 게 분명해. 하지만 한 번도 내게 그런 말을 한 적이 없잖아. 친지 중에 누굴 잃은 거지, 파스칼? 그게 누구지? 아버지? 아니면 어머니? 우리가 함께 산 지 이 년이 지났지만 내게 한 번도 그런 말을 하지 않았어. 어이없는 일이군. 누군가의 곁에 살면서도 그 사람의 깊은 내면에 대해선 아무것도 모를 수 있다니 말이야. 우린 서로에 대해 무얼 아는 거지? 당신은 내 과거를 모르고, 나도 당신의 과거를 전혀 모르잖아, 파스칼. 우린 서로의 곁에서 무얼 하는 걸까? 그저 스쳐 지나가는 사람들이 되어 결국 만나지 못하게 되는 걸까? 내가 이런 생각을 하고 있는 동안 파스칼은 다시 정신을 가다듬고 내게 물었다.

"얼마나 머무를 생각이야?"

그녀의 목소리가 희미하게, 거의 비현실적으로 내 귓전에 와

닿았다. 난 아무 대답도 못 한 채 그녀를 바라보고만 있었다. 그 순간 엄습해오는 현기증을 물리치기 위해 그녀의 블라우스 깃에 묻은 입술연지 자국에 시선을 고정시켰다. 자국은 점점 더 빨개지고 점점 더 커졌다. 난 파스칼에게서 멀어져가고, 우리 두 사람에게서 멀어져갔다. 어디로 가는지도 모르면서.

내가 주느비에브라면 그렇게 행동했을까? 살날이 얼마 남지 않았다면 나도 그렇게 애원하고 간청하여 그녀를 내 머리맡에 불러들였을까? 모르겠다. 어떻게 죽어가는 사람의 입장이 되어볼 수 있을까? 생의 마지막 순간들을 어떻게 상상할 수 있겠는가? 몇 날, 몇 주 뒤에는 이곳에 없게 된다는 사실을 말이다. 몸이 사라지고, 목소리가 사라지고, 생각이 사라지는 거다. 병에 걸린 거라면 물론 기운은 없을 테지만 어쨌든 살아 있다. 사람들이 우릴 보러 오고, 우리에게 이야기를 하고, 우리를 만지기도 하지. 우린 그 사람들을 위해 존재한다. 목이 마르고, 덥거나 춥기도 하지. 우린 살아 있음을 느낀다. 그런데 그런 것들이 마지막임을 알게 된다면 어떨까? 마지막 손길, 마지막 시선, 마지막 미소라면…… 마지막으로 이야기를 주고받는다면…… 자신이 무엇을 남기고 가는지도 모르는 채 사라져야 한다는 사실을 받아들여야겠지. 그러면서도 매 순간 살아 있어야 한다. 이 순간이

지나면 다음 순간, 또 다음 순간이 오지. 아직은 포기해선 안 돼…… 그러다 불쑥 어떤 손이 우리를 낚아채가는 거다.

내가 주느비에브의 입장이 되어볼 순 없다. 그럴 순 없다.

문득 클라라가 생각난다. 숨 막히는 기억. 클라라를 생각해선 안 된다. 나는 가속페달을 더 세게 밟는다. 그녀와 클라라에 대한 이야기는 나누고 싶지 않다. 주느비에브 당신에 대해, 또 나에 대해서는 말해도 좋지만, 클라라는 안 된다. 클라라를 건드려서는 안 된다. 내 마음속에서 눈처럼 하얗게 반짝이는 추억, 클라라에 대한 이 추억을 건드려서는 안 된다.

차창을 내린다. 활짝 열린 차창으로 바깥 공기가 밀려들어온다. 차의 속도를 높이자 굉음에 귀가 멍하다. 기분이 좋아진다. 요란한 소리가 뇌를 잠재우며 감각을 마비시킨다. 난 몇 분 동안 그렇게 차를 달린다. 술 취한 사람처럼, 행복한 남자처럼. 아무 생각도 하지 않는다. 자동차 핸들을 꼭 부여잡고 어둠 속으로 돌진한다. 아무 추억도 없었으면 좋겠다. 몸과 뇌에서 과거가 모조리 사라져버렸으면 좋겠다. 그래서 현재만 남았으면, 오로지 현재 속에 존재했으면. 나는 지금 모르는 여인을 만나러 가고 있는지도 모른다. 이 만남을 상상하며 호기심과 욕구를 느낄 수도 있겠지. 모든 게 가능할 것이다.

시간이 흐를수록 점점 더 자유로워지는 사람들이 있다. 이 사람들은 기력이 점점 떨어지는 대신 가슴을 펴고 일어선다. 그들에게선 놀라운 에너지가 뿜어져나온다. 그들은 만나는 사람들에게 빛이 되어준다. 과거의 어두운 기억들을 그들이 어떻게 했는지 궁금하다. 회한과 상처를 어떻게 다스리게 된 걸까?

잊혀지는 건 아무것도 없는데 말이다. 오늘 저녁 난 그 사실을 다시금 깨닫는다. 아무리 잊으려 노력했어도 과거는 우리 안에 살아 있다는 걸. 내면 깊숙한 곳에 도사리고 있는 이 무형의 덩어리는 잠이 든 듯싶지만 사실은 눈을 뜨고 있다…… 그렇다면 이 빛의 인간들은 대체 어떻게 한 걸까?

행복했던 어느 밤 주느비에브가 한 말이 문득 떠오른다. 클라라가 아직 태어나지 않았을 때였다. 우린 바닷가에 있었다. 나폴리, 아니면 포르토피노였던 것 같다. 우리를 황홀케 했던 이탈리아의 도시 중 하나였지. 우린 멋진 하루를 보내고 난 참이었다. 밤에 주느비에브는 잠들기 직전 소곤대듯 나지막한 목소리로 말했다.

"기쁨이 뭔지 모르고 사는 사람들도 있을까? 평생 기쁨을 경험하지 못하는 사람들이 있을까?"

난 아무 대답도 하지 않았다. 주느비에브는 한참 전에 잠이 들었지만 난 눈을 크게 뜬 채 깨어 있었다. 주느비에브 덕분에 알게 된 한 가지 사실에 놀라움을 금치 못하면서. 그러니까 우리가 그 순간 경험하고 있었던 건 행복이고 기쁨이었다. 용감하게 이 말을 할 수 있어야 했다. 주느비에브가 그랬으니까. 그녀 덕분에 그걸 깨달았고, 이 깨달음 덕택에 기쁨이 현실이 되어 그것에 완전히 다가설 수 있었으니까. 우린 기쁨을 맛보고 있었고, 또 그 사실을 알고 있었다. 무얼 더 바랄 수 있었겠는가?

갑자기 내 앞의 차가 급정거한다. 반사적으로 나 역시 브레이크를 밟는다. 간발의 차였다. 나는 차창을 다시 천천히 올린다. 손이 떨린다. 삶의 불확실성이 그토록 뼈저리게 와닿은 적도 드물었다. 난 지금 이곳에 있지만 다음 순간엔 없을 수도 있다는 사실이 말이다. 잠시 후면 주느비에브가 구덩이 밑으로 내려지게 되리라는 것…… 그녀는 그걸 감수해야만 하리라. 우린 받아들일 수밖에 없겠지. 그저 감수할 수밖에 없으리라. 사랑, 투쟁, 미칠 듯한 고통…… 이런 것들 역시, 언젠가는 자취도 없이 사라지고 말 것이다.

저녁 일곱시가 가까워온다. 하루가 작별을 고하는 시각, 하늘이 붉은색, 분홍색, 푸른색의 조화를 이루며 활활 타오른다. 그녀를 향해 달려가고 있어서일까? 추억이 나를 덮쳐 놓아주질 않는다. 우리가 함께 떠났던 첫 자동차 여행중이었지. 우린 인적이 드문 해안길을 달리고 있다. 여름이다. 내 옆에는 그녀가 앉아 있다. 그녀의 맑은 목소리가 대기 가득 울려퍼진다. 난 그녀를 사랑한다. 그녀는 아름답다. 그런데 돌연 눈앞에 하늘이, 우리가 그 변화를 눈치챌 겨를도 없이, 붉게 물든다. 주느비에브는 하던 말을 멈춘다. 저물어가는 광막한 하늘, 아름다운 하늘이 우리 안에 동일한 침묵과 기쁨을 불러일으킨다. 아마도 우리가 사랑하기 때문이리라. 난 스물하고도 몇 해 지난 나이이고 삶에 대해 별로 아는 게 없다. 하지만 이날 저녁만은, 사랑과 영원이 어느 지점에서 만나는지를 깨닫는다.

한 시간 뒤면 그곳에 도착할 것이다. 초인종을 누르면 그녀가 문을 열 것이다. 서로 마주 보고 선 우리의 모습을 상상하면…… 난 그녀 앞으로 다가선다. 어쩌면 그녀는 내가 키스해주기를, 포옹해주기를 기다리고 있을지도 모르지. 우리 중 누가 먼저 말을 꺼낼까? 헤어지기 전 마지막 몇 주 동안 우리 사이에 놓여 있던 침묵, 너무도 큰 침묵. 그건 너와 나 누구도 가로지를 수 없는, 눈 덮인 벌판과도 같았다. 그런데 이제 와서 우리가 무슨 말을 할 수 있을까? 기도를 할 줄 안다면 차에서 내려 갓길에서 무릎을 꿇고 기도할 텐데. 주여, 날 도우소서, 날 버리지 마소서. 이 일을 해낼 수 있는 힘을 내게 주소서, 라고.

그러나 난 기도를 할 줄 모른다. 더는 희망을 품을 줄도 모른다.

그렇더라도 할 수 있는 말을 찾아야지. 그녀 앞에서 침묵만 지키고 있어서는 안 된다. 넌 나한테 얼마나 어려운 일을 요구한 걸까, 주느비에브! 마지막 시기에 우리가 서로를 마주하고 얼마나 무기력했는지 넌 잊었는지! 우린 서로 말할 수도 만질 수도 없었고, 서로를 바라보는 것조차 힘들었지. 결국 난 네게서 도망쳐야만 했어. 더는 네 얼굴과 몸에 눈길을 줄 수조차 없었으니까. 네 목소리를 듣는 것조차 괴로웠지. 그 소리를 듣노라면 그 애 목소리를 듣는 것 같아서, 천사 같은 그애의 목소리가 들리는 듯해서. 그건 내 힘의 한계를 넘어서는 일이었어. 그렇다고 네게 설명할 필요는 없었지. 넌 금방 이해했으니까. 넌 입을 다물고 침묵 속으로 침잠해버렸지. 잊진 않았겠지? 어떻게 그걸 잊을 수 있겠어? 우리가 서로에게 가한 고통을…… 다른 사람들이었다면 거기서 벗어날 수 있었을까? 우리에게 용기가 부족했던 걸까? 서로를 그토록 사랑했는데 어떻게 절망이 우리를 꺾을 수 있었을까?

이제 알겠지? 네가 내 힘을 과신했다는 걸. 최근 몇 년 동안, 말하자면 내가 '체념했다'고 넌 생각했을지도 모르지. 넌 아마도 고통에 맞서 싸웠을 테니까. 하지만 난 그러지 않았어. 그럴 용기가 없었지. 그저 내게 닥친 고통과 더불어 살려고 애썼을 뿐야. 불쾌해도 함께 살 수밖에 없는 동거인처럼 말이야. 난 한 번도 인정한 적이 없어. 단 한 번도. 내 마음속에서 그앤 여전히 어딘가에 살아 있어. 우리가 그앨 잃어버렸다고 해서 그애가 사라진 건 아니야.

이제 난 혼자 중얼대고 있어. 늙은이처럼, 미치광이처럼 말이야. 우리가 헤어진 게 마치 어제인 양 네게 말하고 있어. 예전에 했던 말을 똑같이 반복해 말하는 거야.

"그앤 살아 있다고 했잖아, 주느비에브. 살아 있다니까!"

네게 수도 없이 이렇게 말하고 소리 질렀던 기억이 나는군. 그러면 넌 내가 그만 할 때까지 아무 말 없이 참을성 있게 나를 바라보았지. 너의 그런 부드럽고 조용한 모습 앞에서 난 한층 난폭해졌어. 그토록 다정하고 상냥한 너를 보고 있노라면 왠지 미칠 것만 같았어. 네 인내심이 한계에 달해 눈물을 터뜨리도록 할 속셈으로 일부러 널 자극하기도 했지. 그래, 때론 네가 내 앞에서 무너져내리는 모습을 보고 싶었던 것 같아. 우리 두 사람이 지쳐 나가떨어지는 모습을 본다면 마음이 후련할 것 같았지. 고통이 우리를 휩쓸어가는 걸 보면 위로를 받을 것 같았어. 아,

이루 말할 수 없는 낭패감이었어. 거기서 도무지 벗어날 방도가 없었어!

하지만 이런 분노의 발작을 느끼면서도 난 여전히 널 사랑하고 있었지. 마땅히 그래야 하는 방식대로 사랑할 순 없었지만, 그래도 널 사랑했어. 절망적으로.

죽지 마, 주느비에브. 죽어선 안 돼. 난 고독이 무언지 안다고 믿었지. 하지만 이제 머지않아 네가 없어진다고 생각하니 그건 순전히 착각이었다는 걸 알게 되었어. 네가 죽는 순간 비로소 난 혼자가 될 거야. 우리가 서로 멀리 떨어져 산 세월 동안에도 네가 살아 있다는 사실이 내게 삶의 용기를 주었어. 세상 어딘가에 네가 존재했으니까. 비록 널 볼 순 없었지만 그래도 나와 똑같은 시련을 겪어야 했던 여자가 아직 건재하다는 걸 알고 있었지. 서로를 만질 순 없었어도 우린 함께 손을 잡고 있었던 거야. 그런데 이제 네가 사라져버린다면 난 흔들릴 거야. 더는 발밑에 단단한 땅을 딛고 서 있지 못하게 될 거야.

어둠이 내렸다. 난 고속도로에서 벗어난다. 다음 고속도로로 진입하기까지 한참을 더 가야 할 것이다. 이쯤에서 차를 멈추고 기력을 회복하기 위해 무얼 좀 먹어야 할지 모른다.

사방이 얼마나 고요한가…… 그녀와 난 너무도 다른 유배 생활을 선택했다! 우린 완전히 상반된 방향으로 삶에서 물러섰다. 그녀는 시골의 정적과 은둔을, 난 도시의 소음과 군중을 택한 것이다. 난 우리가 정말 닮았다고 믿었는데. 슬픔은 우리를 서로에게서 돌아서게 했을 뿐 아니라 우리의 닮지 않은 점들을 드러냈다. 시련은 흔히 말하듯 서로를 가까워지게 하는 대신 우리 두 사람을 갈라놓았다. 도시의 불안정과 동요를 그토록 사랑했던 주느비에브였건만…… 그런 그녀가 어떻게 침묵 속으로 칩거해버릴 수 있었을까? 나로선 불가능한 일이다. 내겐 도시의 번잡과 귀가 멍해지는 소음, 그 익명이 필요하다. 내가 저녁에 혼자 귀가하는 일은 드물었다. 얼마나 많은 여자들이 나와 함께 밤을 보냈던가. 그리하여 삶이 다시 그 권리와 욕구를 되찾게 되었다는 환상을 키워갈 수 있었던가. 어쨌거나 난 남자였으니까. 예전과 다름없는, 그다지 달라지지 않은 남자였으니까. 나 자신이 살아 있음을 느끼지 못하도록 누가 방해할 수 있단 말인가? 내가 넓은 세상으로 함께 나가고자 했던 여자들, 이 여자들 대부분은 이제 이름도 얼굴도 기억나지 않는다. 몇 가지 사소한 일들이 떠오르지만 하나같이 고립된 이미지들이라 한 여자와 연결시키기란 불가능하다. 내가 사귄 여자들, 그러니까 나의 '동반자'들은 모두 내 곁에 오래 남아 있지 않았다. 얼마 안 가 그녀들은 떠나버리고 말았다. 처음에 내게서 발견한 초연함이 사실은 공허에 지나지 않는다는 걸 깨닫게 되는 순간 그녀들은 내 곁을 떠났다. 공허는 공허를 낳을 뿐임을 여자들은 알고 있으니까. 결국 그녀들은 뭐라고 말을 꺼낼 엄두도 내지 못한 채 조용히 나를 떠났다. 난파당한 사람에게 무슨 말을 할 수 있었겠는가. 저녁에 귀가해서 아파트가 비어 있음을 발견하게 되는 날들이 수도 없이 많았다…… 난 이처럼 홀로 남겨지는 데 길들어져갔다. 오히려 그러는 게 마음이 놓였다고, 그렇게 고백해야 할는지도 모른다. 클라라가 사라진 이후로 내게 중요한 사람은 없었으니까. 함께 밤을 보낸 여자들에게도 마음을 주지 못했다. 그녀들은 내 곁에 있으면서 정성을 쏟았고 울적한 기분을 달래주기도 했다. 그래서 난 그녀들과 함께하는 생활을 달게 받아들였지만, 그다음엔 차례로…… 그 무엇에서도 의미를 찾을 수 없었다. 난 그 어디에도 없었다. 아니, 그 모든 것 너머에 있었다고 해야 하리라. 내 앞에서 삶이 꿈처럼 지나갔다.

마지막까지 남은 여자는 파스칼뿐이었다. 이유는 알 수 없다. 내가 그녀에게 줄 수 있는 게 별로 없다는 걸 곧 깨달은 후에도 그녀는 내 곁을 떠나지 않았다. 놀라운 일이었다. 삶이 다른 방식으로 전개되었다면 우리도 분명 행복할 수 있었으리라.

주느비에브는 어땠을까? 나처럼 아침에 혼자 눈을 뜨는 게 무서워 불확실한 만남들에서 위안을 받았을까? 그랬을 리 없다. 그랬더라면 시골과 고독을 선택하지 않았을 테니까. 그녀는 애무나 육신의 쾌락 같은 건 잊은 게 틀림없다. 우리가 헤어질 당시 이미 이 모든 걸 잊고 있었으니까.

"더는 마음이 안 내켜."

그녀는 내 시선을 피하며 중얼댔다.

"뱅상, 용서해줘. 더는 마음이 안 내켜…… 그애 생각이 머리를 떠나지 않아. 그애가 내 마음 구석구석까지 들어와 날 온통 점령해버린 것 같아. 어떻게 할 수가 없어."

아이가 그녀 마음속에 계속 머물러 있다는 것이 내 질투심을 자아냈다. 난 벌써 그애를 잊고 있었으니까. 요컨대 그앤 내 안에서 이미 사라지고 없었다. 도저히 그애를 되찾을 수 없었다. 아무것도 남아 있지 않았다. 목소리도, 얼굴도, 다양한 표정도. 그리고 웃음소리조차도. 그애의 모든 것이 내게서 사라지고 없다는 것, 그게 가장 견디기 힘들었다. 그앤 마치 존재하지도 않았던 것 같았다.

그애에 대해 생각지 않기로 나 자신에게 맹세했었다. 한데 그앤 여기에, 그 어느 때보다 생생히 존재한다. 그앤 여기 존재하지만, 동시에 존재하지 않는다. 난 지금 너를 향해 가고 있다, 주느비에브. 그러나 네가 생의 마지막 순간에 곁에 두고 싶은 사람은 그애라는 걸 알아. 그애의 온기, 숨결, 목소리, 손이라는 걸. 모든 게 헛된 건 아니었음을, 어쨌거나 네게서 솟구쳐 퍼져나간 생명이 지속되고 있음을 당당히 믿을 수 있기 위해서 말이다.

나 혼자만 네게 가는 걸 용서해줘. 그앨 네 곁에 데려올 수 없었던 걸 용서해줘. 의심에 굴복하지도, 찾기를 포기하지도 않은 채 결국 딸아이를 찾아내어 네 곁으로 달려가는 아버지가 될 수 없었던 날 용서해주기 바라. 네 귀에 대고 '눈을 떠봐, 주느비에브. 클라라가 돌아왔어. 이제 걱정하지 마. 그애가 네 곁에 이렇게 있으니까. 그애가 네 이마의 땀을 훔쳐주고 손을 잡아주잖아. 이제 평화와 기쁨 속에 떠날 수 있어. 네 아이를 찾아냈으니까. 네가 죽은 뒤에도 삶은 지속될 거야'라고 속삭일 수 없는 나를 용서해줘.

기다려, 주느비에브. 내가 가고 있으니까. 잠시 후면 우린 함께 있게 될 거야. 대기가 얼마나 따뜻한지 넌 모를 수도 있겠지. 너한테 밖으로 나가자고 할 거야. 내게 몸을 기대게 해서 함께 밖으로 나갈 거야. 네가 사는 집엔 분명 정원이 있겠지. 장미꽃이 가득 피어 있을지도 몰라. 넌 꽃을 정말 좋아하니까. 우린 촉촉하게 물기가 밴 풀밭에 앉을 거야. 네가 춥지 않도록 담요를 덮어준 다음 난 너와 이야기를 나눌 테지. 어쩌면 널 웃게 만들고, 꿈꾸게 하고, 며칠 후면 네가 여기 없다는 사실을 잊게 할 수 있을지도 모르지.

주느비에브
1990년

2월 3일

오늘이 열이틀째다. 하루하루가 갈수록 더 힘들어진다. 이러다 결국 무너져버릴까봐 두렵다. 혼자가 되어버린 느낌이다. 뱅상은 아무 말 없이 이리저리 오가며 전화기에서 눈을 떼지 않는다.

"그앨 찾아낼 거야. 모르는 사람을 따라가선 안 된다는 걸 아는 애니까. 그앤 신중하고 영리한데다 집 전화번호도 알고 있으니까."

그는 이렇게 중얼거릴 뿐이다.

나는 오늘이 열이틀째라는 말을 감히 그 앞에서 꺼내지 못한다. 실종된 아이를 찾게 될 가능성은 실종 후 사흘 안이 가장 높다는 것. 이것이 경찰이 맨 먼저 우리한테 들려준 설명이었다. 사흘에서 엿새 사이가 되면 가능성이 급격히 줄어들고, 엿새가 넘으면 아이가 살아 돌아올 확률이 거의 없다고 했다. 목격자가 한 명도 없고, 무언가를 보았다는 사람도 없다. 대낮에 그런 사건이 일어났는데도 목격자가 단 한 명도 없다. 무얼 본 사람도, 들은 사람도 없다. 아무 실마리도 찾을 수 없다. 경찰들도 마찬가지인 게 분명하다. 내색은 안 하지만 아무것도 알아낸 것이 없는 게 확실하다. 수사에 아무 진전도 없다는 게.

두렵다. 너무나 두렵다. 난 지금 추락하고 있다. 바닥 없는 심연으로. 발이 땅에 닿지도, 몸이 산산조각 나는 일도 없이, 계속 추락할 뿐이다. 주위엔 허공, 끝없는 허공뿐이다. 내 곁에서 나를 붙들어 품에 안고, 발밑의 땅은 단단하다고 속삭여주는 이도 없다. 대체 우리가 무슨 잘못을 저질렀기에 이런 일을 겪어야 한단 말인가?

고통 때문에 헛소리가 나오나보다. 무슨 잘못을 저질러 이런 일이 생긴 건 물론 아니다. 불행은 이유 없이 찾아온다. 누구에게나 닥칠 수 있다. 이 점에서 우리 모두는 평등하며, 너나할것 없이 약한 존재들이다. 오늘은 행복하지만 내일이면 먼지처럼 흩어지고 마는 게 삶이다. 주변의 다른 사람들이 넘어지는 걸 보았으면서도 우리 자신은 괜찮을 거라고, 안전하다고 믿는다. 그 다음이 우리 차례인 걸 모르는 채. 그러다가 갑자기 발아래 땅이 꺼진다. 그제야 비로소 우리 역시 다칠 수 있으며 다른 이들과 마찬가지로 덧없는 존재임을 알게 된다. 우리의 삶이라고 더 값진 것도 아니라는 사실을.

교만 때문에 이 점을 놓치고 있는 걸까?

기다림은 정말 어렵다. 희망 없이 어떻게 기다릴 수 있을까? 어떻게 자신을 지키면서 희망을 버리지 않을 수 있을까? 최악의 순간에 대비하며 희망을 지켜낼 수 있을까?

오늘 아침 이 노트를 샀다. 단 몇 줄이라도 규칙적으로 쓰다보면 내게 도움이 되리라. 그렇게라도 하지 않으면 미쳐버리고 말까봐 두렵다.

2월 6일

클라라의 방에 와 있다. 오늘따라 유난히 이 방이 커 보인다! 두 주 동안 아무것도 건드리지 않고 그대로 두었는데도 말이다.

정돈되지 않은 이대로가 좋다. 인형들이 포개진 채 눕혀져 있고, 옷은 바닥에 팽개쳐져 있고, 책상 위에는 공책들이 펼쳐져 있다. 클라라는 카미유 집에 자러 갔고 내일 아침이면 돌아온다. 활짝 웃는 낯으로, 밤새도록 웃고 떠들어 눈가가 거무스레해진 모습으로. 그 볼에 입을 맞추고 따스한 체온을 느낄 수 있다면, 그 나른한 음성을 들을 수 있다면 얼마나 좋을까!

꿈을 꾸기로 한다. 눈을 뜨면 현실이 달려들어 목을 조르지만, 그래도 꿈속에선 한순간이나마 클라라와 함께하는 감미로움을 맛볼 수 있다.

뱅상은 거실에 있다. 그가 이리저리 서성이거나 맴도는 소리가 들린다. 벌써 보름째 그러고 있다. 앉았다가 일어나서는 신문을 들어 1면을 훑어보다 다시 놓아두고 일어서서는 수화기를 들었다 놓고 도로 앉는다…… 단 십 분도 한자리에 앉아 있지 못한다. 내가 여기, 아이의 방에 피신해 있다는 걸 그는 모른다. 고통이 짓누르며 온몸을 휩싸 숨을 쉴 수조차 없을 때, 머릿속이 환해지며 냉정한 눈으로 볼 수 있게 되는 순간, 클라라를 이제 못 보게 되리라는 예감이 뼈에 사무친다. 뱅상에게 감히 그런 말을 할 수는 없다. 더는 아무 말도 할 수가 없다…… 우린 서로에게서 급속히 멀어져간다.

바로 이 방에서 난 글을 쓰기로 마음먹었다. 저녁 시간에 그럴 만한 힘이 아직 남아 있다면 말이다. 이것이 하루하루의 목표가 되리라. 불안과 혐오감으로부터 잠시 벗어나는 시간. 글을 쓰는 이 순간만은 나 자신과의 대화를 이어갈 수 있으리라. 하루 이틀 시간이 감에 따라 나 자신마저 알아볼 수 없을 것만 같은 느낌이 들기 때문이다. 내게서 차츰 멀어져간다. 무슨 생각을 할 엄두도 내지 못하고, 공포와 기다림 속에 살아간다. 시간과 공간이 응결되어, 나와 내 주위의 모든 것이 굳어버렸다. 온몸이 뻣뻣하다. 소리지르고 싶지만 아무 말도 나오지 않는다. 뇌가 죽은 사람처럼 마비되어버린 것 같다.

이제 나는 내 몸에 손을 대지도 않는다. 비누칠을 하거나, 화장을 지우거나, 눈물 자국을 닦기 위해, 꼭 필요한 경우에만 아주 조금 손을 댈 뿐이다. 옷을 갈아입을 때에도 시간을 끌거나 하지 않는다. 내 몸이 낯선 자나 적이 되어버린 듯, 날 배신이라도 했다는 듯, 그저 가볍게 스치기만 할 뿐이다. 어리석은 짓이다. 내 몸이 클라라의 실종과 무슨 관계가 있단 말인가. 몸은 아무 책임도 없다. 클라라가 학교에서 돌아올 때 내 몸은 그애 옆에 있지도 않았으니까. 그런데 이 지독한 혐오감과 불신은 어디서 오는 거지?

그애 옆에 있지도 않았다…… 끔찍한 말이다…… 이렇게 쓰고 나니 비로소 알 것 같다. 내 몸은 그애 옆에 있지도 않았다. 그애 옆에 있었어야 했는데 말이다.

아, 점점 더 빠르게 나락으로 떨어진다. 더 깊은 곳으로 떨어진다.

하지만 그앤 여덟 살이고, 학교도 백오십 미터 거리, 게다가 건널목을 건널 일도 없었다. 구월 초에 들어서며 클라라는 혼자 학교에 갔고, 그걸 아주 자랑스러워했다! 카미유도 학교에 혼자 다녔으니까. 아이를 학교까지 데려다줄 필요가 없게 되자 나와 뱅상도 한숨 돌릴 수 있었는데…… 정말 그랬다. 예전처럼 아침에 서두르지 않아도 되었고, 뱅상도 곧장 직장으로 향할 수 있었다. 아이에게도 바람직한 일이라고 생각했다. 혼자 할 수 있는 일은 혼자 하게 해서 아이에게 자신감을 심어주고 싶었으니까. 하지만 우리가 그래선 안 되었던 걸까?

이 물음을 지닌 채 어떻게 살 수 있을지 모르겠다. 정말 모르겠다.

뱅상이 와서 나를 안아주었으면 좋겠다. 우리 사이에 공허함이 끼어들 여지가 없도록, 아주 힘껏 안아주었으면. 우리가 함께 한다는 걸 느낄 수 있었으면 좋겠다.

2월 10일

아무 소식이 없다. 여전히 아무 소식이 없다. 경찰에서도 전화 한 통 걸려오지 않는다. 일말의 희망을 잃지 않고 수사가 계속 진행중이며 아직 포기하지 않았노라고, 그런 얘기조차 해주지 않는다. 벌써 닷새째 소식이 없다. 어떻게 그럴 수 있을까? 우리가 지금 미쳐가고 있다는 걸 어떻게 그들이 모를 수 있단 말인가! 뱅상은 철저히 침묵을 지키며 내게 한마디 말도 걸어오지 않는다. 눈길엔 분노만이 서려 있다. 그에게로 가서 무언가 다정한 말을 해주고 싶지만 그럴 수가 없다. 소리라도 지르고 싶지만, 주위에 감도는 침묵에 넋이 빠진 사람처럼 나 역시 아무 말이 없다. 이 침묵은 공허와 무를 예고하며, 클라라가 영원히 우리 곁에 없을 것임을 암시한다. 마음속 깊은 데서 난 이 사실을 알고 있다. 아이를 찾을 수 없으리라는 걸. 너무 늦고 말았다. 오늘이 열아흐레째 되는 날이고 보면, 이젠 희망이 없을 것이다.

오늘 아침 아이의 방에 들어가 침대의 플러시 천 인형들 사이에 누웠다. 눈물이 흐를 것 같아 인형을 이로 꼭 물고 있어야 했다.

더는 아무 생각도 할 수 없다. 머릿속이 헛돈다. 시시각각 희망이 사라져가고 대신 공허가 들어선다.

2월 11일

넬슨 만델라가 오늘 석방되었다. 신문, 라디오, 텔레비전, 어디서나 이 뉴스뿐이다. 넬슨 만델라의 석방…… 남아프리카는 환희에 들떠 있다. 축복받은 날임이 분명하다.

하지만 이런 집단적인 기쁨에 난 동참할 수 없다. 그러고 싶지만 불가능하다. 내 하찮은 삶과 그 시련에 초연할 수가 없다. 그것을 넘어서서 외부에서 일어나는 일에 감동을 받거나 할 수도 없다. 난 나 자신 안에 갇혀 있다. 뱅상과 나는 갇혀 있다. 우리에겐 이제 나머지 세상이 존재하지 않는다. 우린 혼자이며, 추방당한 사람들이다.

우리가 너무 이기적인 걸까? 약하다는 건 확실하다. 용서받고 싶다. 난 다른 사람들에게로 가는 길을 잃고 말았다.

2월 15일

나흘째 글을 쓸 기력조차 없다. 죽고만 싶다.

2월 18일

아침에 경찰 한 명이 왔다. 생쥐 같은 얼굴에 키가 작고 나이를 알 수 없는, 처음 보는 남자였다. 내가 문을 열자 그 사람은 몇 가지 새로운 질문을 할 게 있어서 왔노라고 했다. 그러자 희망이 섬광처럼 번쩍 스쳐 지나가며 배와 가슴속에 뜨거운 기운이 울컥 올라오는 느낌이었다. 이 사람이 찾아온 건 아직 믿는 게 있기 때문이야. 아직 포기하지 않는다는…… 이런 생각이 갑작스레 솟구쳐올랐다. 그는 뱅상과 나, 우리 두 사람과 함께 이야기하고 싶어했다. 이 말을 듣고 뱅상이 다가왔다. 아니, 그 남자와 내가 있는 곳까지 간신히 이르렀다고 해야 할까. 이런 그의 모습을 보자 심장이 조여드는 것 같았다. 순간, 수척해지고 면도도 안 한, 노랗게 뜬 얼굴이 고스란히 눈 안에 들어왔다. 입고 있는 바지와 티셔츠가 헐렁했다. 넉 주 만에 나의 뱅상이 유령처럼 되어버린 것이다. 이런 생각을 하고 있는데 불쑥 경찰의 냉랭한 목소리가 들려왔다.

"아이가 하나뿐인가요?"

난 그를 바라보았다. 아무 대답도 하지 않았다. 왜 이런 질문을 하는 걸까? 우리한테 아이가 하나뿐이라는 건 그들도 이미 아는 사실이 아닌가. 클라라가 실종당한 다음 날 그들이 우리에게 던진 첫 질문 중 하나였으니까. 무뚝뚝한 목소리로 그가 다시 물었다. 난 그렇다는 몸짓을 했다. 남자는 고개를 끄덕였다. 머릿속에서 생각하고 있으면서 차마 우리한테 말할 수는 없었던 어떤 문제를 확인이라도 한 듯. 그런 다음 남자는 쥐새끼 같은 눈을 뱅상에게로 향한 채 쌀쌀맞은 목소리로 물었다.

"그 이유를 알 수 없을까요, 선생님?"

뱅상의 표정이 굳어지는 게 보였다. 그는 미처 내 쪽으로 몸을 돌릴 생각도 못 한 채 단조로운 목소리로 떠듬떠듬 말했다. 무슨 잘못을 저지르다 들킨 아이처럼.

"그건 물론, 다른 아이를 가질 수 없었기 때문이죠."

우리와 아무 상관도 없는 작자에게 뱅상이 이런 말을 하는 걸 듣고 있기가 괴로웠다. 아이를 간절히 바랐던 우리의 안간힘과 실패와 그런 것들의 의미가 이 남자와 무슨 관계가 있단 말인가. 이 무례한 경찰관을 뱅상이 홀로 무기력하게 마주하고 있는 모습을 보기가 고통스러웠다. 이 순간 그를 위해 아무것도 할 수 없는 나 자신을 견딜 수 없었다. 마음 같았으면 그의 곁으로 다가가 손을 잡고 그를 대신해 대답했으리라. 그래요. 우린 다시 아이를 가질 수 없었어요. 그럴 수 없었다고요. 그게 얼마나 큰 고통인지 짐작이나 하시겠어요? 우리가 느껴야 했던 결핍과 아쉬움이 어떤 것인지 말이에요. 이미 클라라가 있어 그애의 부드러움이 우리를 밝혀준 덕분에 우리가 돌연 삶의 의미를 찾았다 해도 말이죠.

하지만 난 자리에서 꼼짝도 하지 않았다. 단 한 마디도 못 한 채 뱅상이 대답하도록 내버려두었다. 갑자기 말을 모조리 잃어버린 듯했다. 모두 소용없는 짓이라는 생각이 들면서, 불현듯 우리 두 사람이 세상에서 완전히 혼자가 된 것 같았다. 뱅상과 내가 서로 멀찌감치 떨어진 채 각자의 궤도 위에 서 있는 느낌이었다. 남자는 수첩을 꺼내 무언가 휘갈겨 적는 듯하더니 도로 호주머니에 집어넣었다.

"그럼, 오늘은 이만 하겠습니다."

그는 이렇게만 내뱉고는 뒤돌아섰다.

"나오실 필요 없습니다. 길을 아니까요."

남자의 중얼대는 목소리가 들려왔다. 그리고 대문 닫히는 소리가 들렸다. 뱅상과 나는 다시 거실에 홀로 남겨진 채 아무 말 없이 서 있었다. 그에게로 다가가 몸을 꽉 껴안고, 별것 아니라고, 예의를 모르는 사람이었을 뿐이라고, 그에게 말해야 한다는 걸 알고 있었다. 하지만 그럴 수 없었다. 굳어버린 모습으로, 아무 말 없이 그대로 서 있었다. 거실 안에 감도는 침묵이 갑자기 끔찍한 무엇처럼 여겨졌다. 우리 사이에 폭약이 설치되었다 한들 이보다 더 파괴적이지는 않았을 것이었다.

얼마나 많은 시간이 흘렀을까? 일 분? 이 분? 뱅상도 꼼짝 않고 그대로 있었다. 딸꾹질 비슷한 이상한 소리가 들렸다. 그가 울고 있는 걸까? 이 순간 우리가 서로에게 말을 할 수 있었다면, 서로 껴안거나 최소한 상대방의 눈길을 받아들일 수 있었다면, 우린 분명 다시 만났을 것이다. 어쩌면 함께 시련을 헤쳐갈 수도 있었을 테지. 그때 내가 왜 시선을 떨구었는지 모르겠다. 난 우리가 게임에 지고 있다는 걸 이해했다. 왜 그랬을까? 누가 그렇게 결정한 걸까? 우리의 사랑이 그토록 크다고 믿었으면서도 왜 우린 충분히 강할 수 없었던 걸까? 누가 우릴 허무로 이끌어갔던 걸까? 아, 이 당혹감을 어떻게 표현한다지? 알면서도 속수무책인 이 상황을.

"식사가 준비됐어. 와서 먹어."

이게 내가 가까스로 꺼낸 말이었다. 그런 다음 난 주방으로 갔다. 그 순간만큼 철저히 혼자라고 느낀 적도 없었다. 고독이 나 자신으로부터 초래된 것이었기에. 또 그것이 유리한 고지를 점하는 걸 막을 방법이 없었기에.

2월 21일

햇빛 가득한 날이었다. 햇빛이…… 이 햇살을 너도 느꼈니, 클라라? 햇살이 네 얼굴을 어루만졌니? 지난여름 아르데슈에서 보낸 날들을 기억하지? 아침에 아빠와 엄마가 아직 잠에서 완전히 깨지도 않은 시각에 넌 들뜬 목소리로 떠들었지.

"오늘도 날씨가 좋네. 밖에 나갈 수 있겠어요!"

아침마다 넌 햇빛을 보며 감탄했지…… 마지막 날 저녁엔 차분하고 진지한 목소리로 말했어.

"파리에서 짐을 챙겨 와서 여기 살아요. 여기가 더 좋아요. 매일 날씨가 맑으니까 얼마나 좋아요!"

네 아빠와 난 웃었지. 내 딸 클라라! 그때 네 말을 들었더라면……

네가 영영 돌아오지 않는다면…… 난 네게 충분한 사랑을 주었을까? 널 바라보고, 네 말에 귀 기울이고, 네가 커가는 모습을 보고, 그 모습에 감탄하는 데 충분한 시간을 들였을까? 네가 원한 만큼 우리가 입을 맞추고 안아주었니? 우린 함께 실컷 웃은 걸까?

어쨌거나 누가 네게 나쁜 짓을 하진 않았어야 하는데.

2월 23일

가망이 없다. 안 그런가? 오늘 저녁은 가망이 없다. 난 그걸 안다.

2월 27일

오늘 아침 사무실에서 전화가 왔다. 수화기 저편에서 말하는 기욤의 목소리가 들렸다. 난처한 어조로 주저하며 힘겹게 말을 고르는 기욤의 무거운 한숨 소리가 느껴졌다.

"어려운 시간을 보내고 있다는 걸 알아, 주느비에브. 그렇긴 해도 일 이야기를 하지 않을 수 없군. 곧 일에 복귀할 수 없을 것 같으면 내게 말해주게. 나도 나름대로 계획을 짜야 할 테니까. 자네도 이해하겠지. 한 달은 긴 시간이야. 일이 밀려 있네."

나는 그가 하는 말을 듣고 있었다. 문장과 문장이 이어졌지만 이해할 수가 없었다. 기욤이 무슨 외국어를 하는 것 같았다. 내가 쓰는 언어와 아주 닮았으면서도 다른 언어였으며, 단어 하나 하나가 귀에 익은 듯하면서도 연결된 말들은 전혀 이해가 안 갔다. 그의 말을 잘랐어야 했는지 모른다. 알아들을 수 없는 말은 그만 하라고, 필요하면 당연히 계획을 짜야 하지 않겠냐고. 이제 난 아무래도 좋으니까. 그래픽 디자이너라는 나의 일 또한, 물론 예전엔 좋아한 일이지만, 마찬가지였다. 예전과 오늘은 이제 연결고리를 잃어버렸으니까. 정확히 지난 1월 22일 17시를 기점으로 갈라지고 말았으니까. 바로 그날 17시에 난 클라라가 한 시간 전에 학교가 파했는데도 귀가하지 않은 걸 깨달았다. 그앨 보았다는 친구도 없었고, 아무도 그애가 어디 있는지 몰랐으며 짐작 가는 데도 없었다. 이 17시에 난 경찰서에 전화를 걸어 무미건조한 목소리로 신고를 했다. 여덟 살 난 내 딸 클라라 델쿠르가 정각 16시에 학교가 파한 이후로 한 시간 동안 소식이 없다고. 마치 내가 아닌 다른 사람이 말하는 것 같았다. 정말 이 순간 나 자신이 말하고 있었을까?

그 통화가 어떻게 끝이 났지? 기욤은 허공에 대고 이야기하는데 싫증이 났음이 분명했다. 잠시 조용해지더니 갑자기 그가 무뚝뚝하다 싶은 어조로 끝을 맺는 소리가 들렸다.

"그러니까 자네만 괜찮다면 다음 주부터 자네 일을 클레르가 대신 맡도록 하겠어. 용기를 내게나. 소식 기다리겠네."

그리고 수화기를 놓기 직전 그는 갑자기 일말의 인간미가 되살아난 듯 중얼거렸다. 이제까지 한 번도 들어본 적이 없는 전혀 다른 목소리였다.

"주느비에브, 여기 모두가 자네 생각을 하네. 진심으로."

그리고 전화가 끊겼다.

그후 적어도 두 시간가량 난 꼼짝 않고 그대로 있었다. 더 오래 그러고 있는 것도 가능했으리라. 하루 종일을. 밤에도, 그다음 날에도, 또 이어지는 날들, 그렇게 영원토록. 몸이 쓰러지고 내 안의 생명이 꺼질 때까지. 그래, 난 외마디 소리도, 고통도 없이 그렇게 소멸되고 지워져버릴 수 있었으리라. 그때 갑자기 로라 언니가 내 앞에 나타났다. 환영처럼 아름다운 로라 언니, 나의 로라 언니가. 언니는 부드러운 얼굴을 내 쪽으로 기울였다. 순간 난, 그렇구나, 떠나왔구나, 하는 생각이 들었다. 로라 언니와 함께하는 이 죽음은 참 감미롭구나, 언니는 내가 혼자가 되게 내버려두지 않는구나, 하는 생각. 로라 언니는 내 손을 잡으며 일으켜세우려 했다.

"내가 오늘 들르기로 한 거 잊어버렸어? 주방으로 가. 점심을 가져왔으니까. 앉아서 뭐라도 좀 마시고 휴식을 취해."

너무도 다정한 목소리여서 눈물이 나올 것 같았다. 난 몽유병 환자처럼 언니의 뒤를 따라갔다. 몸이 무겁게 느껴졌다. 그렇다면 아직 난 살아 있는 거였다. 클라라에 대한 기다림도 여전했고.

3월 1일

코소보에 비상사태가 선언되었다. 텔레비전 화면에 비참한 장면들이 떴다. 수많은 생명이 완전히 망쳐지고 파괴당했다. 저 사람들의 생명 하나하나도 내 것과 똑같이 단 하나밖에 없는 소중한 것인데. 왜 그래야 하는 걸까?

왜 그래야 하는 거지?

그런데 난 저들로부터 수천 킬로미터 떨어진 곳에서 실종된 내 아이를 두고 울고 있다. 저 사람들과 나 사이에 형제애가 가능한 걸까? 절대로 만날 일 없는 우리 사이에 어떤 유대가 존재할까?

오늘 저녁 광막한 하늘을 바라본다. 어둠이 멀리까지 짙게 드리워져 있었다. 매 순간 나 자신이 사라져버릴 수도 있을 것만 같은 느낌이 든다. 내게서 무엇이 남을까? 이제 내게서 무엇이 남을 수 있을까?

3월 4일

그는 나더러 자기 어머니께 말씀드리라고 한다. 내가 우리 방에서 침대를 정리하고 있을 때였다(난 일상의 이런 동작들이 좋다. 아무 생각 없이 머릿속이 텅 비어 있을 때조차 기계적으로 할 수 있는데다, 무언가가 완수되니까. 이런 동작들은 나를 현실에 붙들어매고 익사 상태로부터 구해낸다). 요즈음 들어 늘 그렇듯 오늘도 그는 귀가한 후 내내 말이 없었다. 그런데 갑자기 그가 곁에 있는 게 느껴졌다. 아주 가까이, 목 언저리에 그의 숨결이 와닿았다. 두려움 비슷한 감정이 들었다…… 그래, 정말 그랬다. 두려움 비슷한 감정이었다. 나는 그를 쳐다보았다. 뚫어져라 내게 고정된, 견딜 수 없는 시선. 마치 모르는 사람을 보는 듯한 눈이었다. 그는 가라앉은 목소리로 말했다.

"자기 아이를 잃어버렸다는 말을 어떻게 어머니한테 할 수 있지? 난 못 하겠어. 나 대신 말씀드려줘, 주느비에브. 제발. 난 못 하겠어."

그의 얼굴에 전율이, 번득임이 지나가며, 한순간 다시 살아난 사람처럼 보였다. 내가 알고 있는 사람, 사랑했던 사람으로 되돌아갔다. 난 기다렸다. 간절히 원했다. 무엇을? 그건 나도 모르겠다. 상궤를 벗어난, 그러면서도 현실적인 무엇. 그가 울거나, 소리를 지르거나, 내 품 안에 쓰러지거나, 내 손을 잡거나 한다면…… 번득임이 스러졌다. 다시 낯선 사람의 눈이 되었다. 그는 내 대답을 기다리지도 않은 채 뒤돌아섰다. 그리고 문을 향해 걸어가더니 방에서 나가 거실 쪽으로 갔다. 다시 침묵이 깔렸다. 안개의 장막처럼 두꺼운 침묵이.

방에 그대로 남아 있을 수가 없었다. 정원으로 내려갔다. 얼음처럼 차가운 날씨였다. 목덜미에 비수가 닿는 느낌. 월계수 있는 곳까지 걸어갔다. 정원의 나무들 가운데 이 계절에도 이파리가 달려 있는 유일한 나무다. 나무 둥치에 등을 대고 양손에 얼굴을 묻은 채 기다렸다. 기다렸다고? 그걸 기다림이라 할 수 있을까? 차라리 죽은 시간, 내 안에 맴도는 허무가 아닐까? 그 느낌이 너무 강렬해 현기증이 났다. 나 자신이 앉아 있는지 서 있는지, 살았는지 죽었는지도 모를 지경이었다. 그 순간 눈물이 난다면 아마도 살아 있다는 증거이리라. 하지만 눈물도 나지 않았다. 머리를 들자 뱅상이 내 앞에 서 있었다.

"알았어. 내가 말씀드릴게."

내 입에서 이런 말이 흘러나왔다. 그러나 아주 먼 곳에서 울려오는 소리인 양, 그렇게 말한 사람이 나라는 느낌이 안 들었다. 몸도, 머리도, 온통 지쳐 있다는 느낌. 다시는 일어설 수 없으리라는 생각이 들었다. 난 여기, 이 월계수 아래 남아 있을 거야. 추위에 몸이 마비되고, 죽음이 다가오는 것도 느끼지 못한 채, 그렇게 잠이 들 거야. 그 모든 것이 아주 단순하고 조용히 이루어질 테지. 내 육신은 해체되어 시간이 지남에 따라 이끼가 되고 흙이 되고 잎이 될 거야. 난 무로 돌아가고, 클라라를 잃은 것도 무가 되어버리겠지.

순간, 뱅상이 내 앞 몇 센티미터 거리에 웅크리고 앉은 모습이 보였다. 눈에 눈물이 맺혀 있었다. 그가 무어라 말하는 소리가 들렸다. 아주 멀리서 전해져오는 온기처럼 그의 말소리가 심장 한복판을 건드렸다. 새로운 소생의 고통. 갑작스레 그지없는 상냥함을 맛보게 되었을 때 느껴지는 고통.

"주느비에브, 그만 안으로 들어가. 이러다 감기 들겠어."

이렇게 말하며 마치 꿈속에서처럼 그가 몸을 일으키는 모습이 보였다. 그리고 조금 전 우리 방을 나갈 때와 똑같이 느린 걸음으로 그는 집 안으로 들어갔다.

잠시 뒤 난 시어머니께 전화를 드렸다. 수화기에 대고 무슨 말을 했는지 생각이 나지 않는다. 단지 수화기 저편에서 갑자기 숨결이 가빠져오는 소리가 들렸던 것만 기억난다. 시어머니는 무슨 말을 하지도, 무언가를 묻지도 않으셨다. 아, 그 침묵에 얼마나 감사했던지! 그러다 마지막에 내가 수화기를 놓으려는 순간 입을 여셨는데, 그 또렷한 목소리를 들으니 눈물이 날 것 같았다.

"얘들아, 그렇게 절망해버려선 안 된다."

친정어머니 생각이 났다. 엄마가 아직 살아 계셨더라면 무어라 말씀하셨을까? 어떻게 하셨을까? 내가 어렸을 때 그랬던 것처럼 단숨에 달려와 날 품에 안고 흔들어 달래주셨을까? 시어머니처럼, 그렇게 절망해버려선 안 된다고 내게 타이르셨을까? 아니면 그저 내 손을 꼭 쥐며, 내 절망과 기다림을 엄마도 함께 나눈다는 뜻을 전하셨을까? 클라라가 태어난 직후 그랬던 것처럼 또 한번 엄마의 부재가 견딜 수 없게 느껴진다. 설령 엄마가 살아 계셨어도 클라라의 실종 이후로 내가 다른 사람들로부터 멀어졌듯이 엄마에게서도 멀어졌을 테고, 그 결과 난 더 큰 고통을 맛보아야 했을지도 모르는 일이지만 말이다. 그러나 이런 생각을 하며 나 자신을 타일러보아도 소용이 없었다. 난 어둠 속에 남겨진 아이와 같은 두려움을 느꼈다. 길 잃은 아이, 버림받은 아이의 공포를 맛보았다. 어머니의 죽음은 영원히 위로받을 길

없는 고통이라는 사실이 또 한번 사무치게 와닿았다.

잠시 후 잠자리에 들 때, 시어머니가 보여주셨던 차분함을 내 안에서도 찾아보리라. 뱅상이 전화를 드렸다면 더 좋았을걸 하는 아쉬움이 들었다. 그랬더라면 그도 이런 마음의 평안을 느꼈을 테니까.

3월 7일

경찰 두 명이 오후 일찍 찾아왔다. 한 명은 수사가 진행되던 초기에 한 번 본 적이 있었고, 다른 한 명은 처음 보는 사람이었다. 한 남자가 다른 남자의 말에 귀를 기울이며 공손한 태도로 줄곧 머리를 끄덕이는 걸로 미루어 우리한테 말을 하고 있는 남자가 상관인 것 같았다. 거북해하며 회피하는 듯한 두 사람의 시선 앞에서 나는 곧 이해할 수 있었다…… 두 다리의 힘이 솜처럼 풀어지고 심장이 두방망이질쳤다. 내 몸 구석구석이 과열된 기계처럼 미쳐 날뛰었다. 그들에게 들어오라는 말조차 할 수 없었다. 말들이 울려퍼졌다. 불가능한 말들이.

"부인, 지금까지 다방면으로 수사를 감행했지만 아무 소득이 없었습니다. 따님이 살아서 돌아올 확률은 이제 희박하다는 사실을 말씀드려야겠습니다. 물론 저희는 포기하지 않고 수사를 계속하겠지만……"

무언가가 내 곁에서 움직였다. 난 간신히 고개를 돌려 보았다. 뱅상이 몇 걸음 힘없이 뒤로 물러서고 있었다. 눈에는 공포의 빛이 서려 있었다. 말을 시작한 경찰이 안됐다는 표정으로 나를 바라보았다. 그의 눈에서 동정심이 읽혔다.

"끔찍한 일이 아닐 수 없군요. 저도 아이가 둘인데……"

그는 이런 식으로 말하려 했지만 난 그의 말을 듣고 있지 않았다. 귓속에서 윙윙대는 소리가 났다. 그만 하면 됐고 나머지는 중요하지 않다는 사실을 그에게 이해시키기 위해 난 손짓을 했다. 하지만 그는 알아듣지 못한 듯 계속 이야기를 늘어놓았다. 의미를 알 수 없는 말들이 쏟아져나왔다. 저속한 텔레비전 연속극에나 나올 법한 토막난 단어들이 불쑥불쑥 귓전에 와 부딪혔다. 연쇄 유괴 사건, 정신병, 다른 여자애들…… 난 돌연 심기가 불편해졌다. 쓰러질 것만 같았다. 그에게 입을 다물라고 말하고 싶었다. 클라라를 찾을 수 없을 거라는, 그의 말의 요지를 이해했으니까. 그렇다면 나머지는 아무래도 좋았다. 나와는 아무 상관 없는 일이었다. 미안하지만 난 다른 여자애들을 위해 눈물을 흘릴 만큼 자애롭지 못하다. 그애들은 내 아이가 아니니까. 나의 살, 나의 피, 나의 기쁨이 아니니까. 그러니까 그도 그만 입을 다물고 가주었으면 좋겠다고 말하고 싶었다. 나와 뱅상이 우리 둘만의 고통을 안고, 클라라의 빈자리를 우리 안에 간직한 채, 둘이서만 있을 수 있도록.

그러나 입을 뗄 수가 없었다. 바닥에 쓰러지기 직전에 또다른 경찰이 내 몸을 붙들어주었다. 잠시 뒤에 두 사람은 고개를 떨군 채 우리 집에서 나갔다. 무슨 잘못을 저지른 아이들처럼 작별 인사를 우물대면서.

오늘 저녁엔 몹시 피곤하다. 엄마 생각이 난다. 엄마가 아직 살아 계셨으면, 내 곁에 계셨으면 얼마나 좋을까. 나를 품에 안아 침대 위에 누이며 이불을 덮어주고 부드러운 말을 속삭여주었으면. 난 말들의 의미를 찾지 않을 것이며, 그것들은 내 안에서 그저 꿀처럼 흐르리라, 어린 시절 그랬듯이, 내일은 만사가 잘될 거라는 확신을 심어주며.

3월 10일

오늘 사무실에 전화를 해서 일주일 안으로 복귀하겠다고 말했다. 기욤은 놀란 기색이었으며, 난처해하는 인상까지 주었다. 내 생각이 틀리지 않았다면, 어쩌면 난 그를 성가시게 하고 있는 건지도 몰랐다. 내 전화를 기대하지 않았으므로 무어라 말해야 할지 모르는 것 같았다. 불시에 허를 찔린 건지도. 이렇게 허를 찔리는 거야말로 그에겐 참을 수 없는 일인데.

어찌 됐든 그런 건 중요하지 않았다. 다음주엔 일을 하러 갈 테니까. 여기서, 뱅상 곁에서, 사방 벽 안에 갇힌 채 그대로 있을 순 없다. 뱅상 역시 나처럼 날이 갈수록 갈피를 못 잡고 있다.

3월 14일

오늘 저녁, 식사 후에 소파에 앉아 책을 집어드는데 문득 뱅상의 성난 표정이 읽혔다. 어떻게 아무 일도 없었다는 듯 책을 읽을 수 있지? 삶이 다시 전처럼 순조롭게 흘러간다는 듯 말이야. 우리한테 일어나고 있는 일을 어떻게 받아들일 수 있어? 그의 눈길이 난폭한 기운으로 가득했다…… 내가 책을 읽기로 마음먹었다고 해서 체념하고 받아들인다는 말은 아니라고 그에게 납득시키고 싶었다. 하지만 어쩌란 말인가? 점점 더 불안에 빠져들어 결국 미쳐버리란 말인가? 뱅상 자신처럼 전화통 옆에 붙어

앉아 이젠 거의 울리지도 않는 전화벨을 기다리며 하루를 보내란 말인가? 성난 짐승처럼 제자리에서 맴돌며 고통에 짓눌려 집 안에 누가 있는 것조차 견딜 수 없어하고 더는 제대로 사고할 수도 없는 그런 사람이 되란 말인가? 그는 자리에서 일어나 내 쪽으로 몇 걸음 떼어놓았다. 몸을 부들부들 떨며 창백한 얼굴에 주먹을 꽉 쥔 모습으로. 그리고 노한 목소리로 말했다.

"당신한테 정말 실망했어, 주느비에브. 당신도 남들처럼 굽히고 순종하고 받아들이는군. 이 빌어먹을 삶의 짓거리들을!"

뱅상의 그런 모습은 한 번도 본 적이 없었다. 격한 분노로 정신이 나간 사람 같았다. 그는 위협적으로 내게 팔을 휘두르며 가까이 다가왔다. 절망으로 얼굴이 일그러져 있었다. 그런 그의 모습을 보며 난 그대로 있었다. 무언가 적절한 말을, 그의 마음을 어루만져줄 말을 얼마나 찾고 싶었는지 모른다. 그와 나, 두 사람의 유대를 되찾게 해줄 그런 말을.

"뱅상, 뱅상, 그러지 말아요……"

이 말만이 간신히 내 입에서 새어나왔다. 순간 그가 주먹으로 힘껏 탁자를 내리치는 바람에 난 깜짝 놀랐다. 이제 어떤 말도 소용이 없다는 걸 깨달았다. 고통이 우리 두 사람을 각기 다른 두 세계로 기울어지게 한 것이다. 주먹으로 탁자를 내리친 건 이 사실에 대한 확증이었다. 난 머리를 숙인 채 가만히 있었다.

아, 그에게 얼마나 말하고 싶었던가. 나 역시 이 일을 겪고서 어떻게 계속 살아갈 수 있을지 자문했노라고. 때론 나 역시 단 하나, 모든 것이 끝나기만을 바랐노라고. 파도가 밀려와 우리 몸을 덮어 눈꺼풀을 영원히 닫아버리기를 바랐노라고. 그러나 살아남기로 마음먹었다면 그 결과를 떠안아야 했다. 다시 말해 품위를 지키고 의연한 자세로 일어서야 했다. 일어서든지 눕든지 양자 간에 택일을 해야 했다. 무덤 속에 눕든지 삶을 택하고 일어서든지, 선택은 분명했다. 물론 전과는 다른 삶일 테지만, 그래도 삶이라는 사실은 변함이 없었다.

그는 아직 내 앞에서 몇 미터 떨어진 곳에 있었다. 내게 상처를 줄 말들을 찾고 있는 것 같았다. 자신의 절망 속으로 나를 끌어들여 함께 빠져들기 위하여. 이해가 갔다. 그렇다, 이해할 수 있었다. 고통은 다름 아닌 외로움이니까. 그는 혼자가 되고 싶지 않은 것이었다. 나는 머리를 들고 그에게 웃음을 지어 보이려 했다. 눈물이 뺨 위로 흘렀다. 난 그의 곁을 스치듯 지나가 거실을 나왔다.

클라라의 방에 와 있다. 눈을 감는다. 그애의 목소리, 웃음소리, 재잘대는 소리를 들어보려고 애쓴다. 그애를 내 안에 되살려보려고 한다. 그애가 여기 있다. 난 운이 좋은 거다. 그애가 여기 있다니. 웃음보를 터뜨리고, 노래를 흥얼대고, 황당한 말들을 늘어놓는다. 황당한 말들을 끝도 없이 늘어놓는다. 그리고 내 쪽으로 양팔을 내민다. 잠들고 싶지 않은 거다. 엄마, 나하고 같이 있어, 제발. 조금만 더. 아직 이른 시간이잖아. 내일은 학교에 안 가도 돼. 이렇게 말하며 얼굴을 내 목에 묻는다. 난 눈물이 난다. 따스하고 편안하다. 파란색 베개에 얼굴을 파묻는다. 그애의 냄새가 나는 것 같다. 어쩌면 아닐지도 모르지만, 그래도 상관없다…… 이건 그애의 냄새라고 나 자신에게 말하고, 그렇게 믿으면 되니까. 천에 밴 냄새는 얼마나 오래 남을까? 얼마가 지나면 이 냄새 역시 사라지고 말까?

3월 17일

클라라의 실종 이후 오늘 처음으로 일을 하러 갔다('클라라의 실종'이라는 말이 차마 씌어지지 않았다. 무슨 책이나 영화에 나오는 말을 하고 있다는 느낌. 내 삶과는 상관없는 말 같았다). 이미 예상했어야만 했다. 거북한 눈길, 억지웃음, 갑작스레 툭 끊기는 대화…… 클라라의 부재가 뱅상과 나, 두 사람을 서먹하게 했듯이 이제 나와 내 동료들도 각기 다른 두 세계에 속하게 된 듯싶었다. 모든 게 엉망이 되고 말았다. 고통이 다른 사람들을 그토록 멀어지게 한다는 걸 미처 몰랐다. 에두아르만이 아무 격식 없이 내게 다가왔다. 그는 내 눈을 똑바로 바라보며 악수를 청했다. 얼굴 표정이 맑아, 거북함이나 곤혹스러운 기색은 전혀 읽을 수 없었다. 그는 한마디 질문도 없이 그저 내게 악수를 청했을 뿐이다. 이 순간 그는 나와 함께였다. 그 이상도, 그 이하도 아니었다. 난 그에게 고맙다고 말했다. 그가 이 말을 이해했는지 모르지만.

내 리듬을 되찾게 되면 좋을 거라고 생각했다. 하지만 정말 힘든 하루였다. 내 자리에 와 있지 않다는 느낌. 매 순간, 그래픽 디자인이라는 이 일도 이제 아무 의미가 없어졌다는 느낌에 사로잡혔다. 시간이 천천히, 헛되이 흘러갔다. 집으로 돌아가기 위해 전철을 탔다. 이 모든 얼굴들, 비좁게 붙어서거나 앉아 있는 몸들…… 숨이 막히는 줄 알았다. 나 자신이 잉여물처럼 느껴졌다. 내 삶은 이제 다른 사람들의 삶과 섞일 수 없을 것 같았다. 집에 도착했을 때는 쓰러지지 않기 위해 잠시 앉아 있어야 했다.

일을 다시 시작하겠다고 마음먹은 건 분명 잘못된 결정이었다. 이제 여기선 살 수 없을 것 같다. 정적이 필요하다. 이 모든 혼잡이 현기증을 일으킨다. 지금 내게 필요한 건 조용한 장소, 시골이다. 은둔이다.

3월 22일

그애가 실종된 지 두 달이 되었다. 시련을 견디고 굳게 버틸 수 있는 사랑이 있을까? 우린 왜 그렇게 강할 수 없는 걸까?

우리가 지금 서로를 잃어가고 있는 중임을 뱅상은 이해했을까? 우리 두 사람을 구해내기 위해 아직 무슨 노력을 해야 하는 걸까?

아닌 것 같다. 이제 너무 늦고 말았다. 우린 서로에게서 너무 멀어져버렸다. 한 방향으로밖에 건널 수 없는 사막도 있는 법이니까.

이 노트가 없었다면 나 역시 뱅상처럼 서서히 절망의 길로 들어섰을 것이다. 말이 구원이 될 줄 미처 몰랐다. 말은 나 자신과의 관계를 유지시켜준다. 광기의 칠흑 같은 어둠 속에서 헤매지 않도록 도와준다.

3월 25일

며칠 전 노트에 나는 '무덤 속에 눕든지, 삶을 택하고 일어서든지'라고 썼다. 이런 생각을 하다니, 스스로 그런 선택을 할 수 있다고 믿다니, 그 힘이 어디서 나온 걸까? 오늘은 매 순간이 너무나 힘들었다. 내 몸과 손과 배에 느껴지는 클라라의 부재. 어디에도 없는 그애의 몸. 이 무력감을 어떻게 표현하면 좋을까? 습관적인 동작처럼 나도 모르게 두 팔이 그애를 찾는데 그애는 보이지 않는다…… 이제 나의 몸짓 하나하나가 무의미하다는 느낌. 사방에서 공허와 맞닥뜨린다. 공허가 마치 내 안과 밖, 양쪽에 모두 존재하는 듯싶다. 이젠 몸 안에 피가 돌지 않는다.

피가 다시 돌기를 바라게 될까? 클라라 없는 나의 삶을 무엇에 비할까? 이 삶은 무엇을 양식으로 삼을 수 있을까?

나의 삶…… 그걸 직시해보려고 애쓴다. 어떻게 두려움을 떨쳐버리지? 이 땅 위의 삶에서 의미를 찾는 데, 이 의미를 맛보며 살아가는 데 오랜 세월을 투자했다. 그런데 돌연 이 의미와 이 기쁨을 잃고 말았다. 갑자기 모든 걸 잃고 말았다. 그리고 무엇이 남았나?

엄마가 돌아가셨을 때 난 고독을 알게 되었다. 감싸주는 손길과 깊은 애정에서 비롯된 온기를 잃고 말았다. 무슨 일이 닥치든지, 무슨 일을 하든지, 엄마가 항상 곁에 있다는 무한한 안도감을 상실했다. 엄마가 돌아가시자 갑자기 삶의 지평이 열리며 그 아가리를 벌렸다. 현기증과 좌절감이 나를 덮쳤다. 하지만 거기엔 내가 찾고 쟁취해야 할 자유도 내포되어 있었다.

그러나 클라라가 사라진 뒤 그 지평은 영원히 닫히고 말았다.

어제 쥘리앵은 전화로 이렇게 말했다.

"제일 견디기 힘든 건 아직 그애를 찾을 수 있을지 모른다는 불확실성이야. 털끝만 한 가능성일지라도 떨쳐버릴 수 없는 게 사실이지. 그래서 방황하게 되고, 단념하기로 마음먹기도 어려워지는 거야."

이 말을 들으니 생각나는 게 있었다. 남편이나 자식을 전쟁터로 보낸 뒤 전쟁이 끝나고 여러 달이 흘렀어도 그들이 돌아오기만을 애타게 기다리는 여자들. 병이 들거나 부상을 입거나 팔다리가 잘려나갔더라도 그들이 살아 있기만을, 살아서 돌아오기만을 기다리는 여자들.

뱅상을 두고 쥘리앵이 한 말은 옳다. 뱅상은 아직 희망의 끈을 놓지 않고 있는 거다. 그래서 하루하루 초췌해져가고, 미쳐가는 거다. 뱅상은 클라라를 기다린다. 난 이제 기다리지 않는데. 이미 첫날, 그애를 못 찾게 되리라는 예감이 들었던 건 왜일까? 물론 나도 뱅상처럼 간절히 바라고, 기다렸다…… 한데 마음속 깊은 곳에서 왜 그런 확신이 들었던 걸까? 마치 실종 첫날부터 그걸 알고 있었다는 듯이.

수년 전 과거로 거슬러올라가 클라라가 태어나고 첫 몇 개월의 일이 생각난다. 그애가 날 보며 천사처럼 웃고, 그 웃는 모습을 보며 내 마음이 기쁨으로 넘쳤을 때에도 이따금 난 알 수 없는 불안과 동요를 느끼지 않았던가. 클라라가 항상 거기 있지 않을지도 모른다는 두려움. 물론 이런 감정을 얼른 쫓아버렸지만, 이유가 뭐였을까?

머릿속이 이런 물음들로 들끓는다…… 내면의 고요와 침착함을 되찾을 수 있으면 얼마나 좋을까. 난 온통 뒤죽박죽이 되어버렸다.

3월 30일

오늘 아침 창밖을 보니 올들어 첫 목련이 피어 있었다. 눈물이 났다. 이렇게 봄이 다시 오는 걸까? 찬란한 햇살과 열기, 과일과 꽃들에서 풍기는 달콤한 냄새, 이런 것들을 다시 맛볼 수 있는 걸까? 난 눈물이 흐르도록 내버려두었다. 그렇게 울고 있었다.

슬픔 때문만은 아니었다. 여전히 곁에 머무는 이 세상을 마주하고 무한한 감사를 느꼈기 때문이기도 했다.

4월 3일

벌써 이틀째 뱅상은 거실 긴의자 위에서 잔다. 우리 두 사람의 몸은 서서히 분리되어 작별을 고한다.

우리 몸이 처음으로 사랑을 나누었던 날이 기억난다.

기억에 새겨둘 것. 우리에게 기쁨이 존재했음을. 의심하지 말 것.

기억에 새겨둘 것. 클라라의 얼굴이 기쁨으로 환히 달아올랐었음을.

4월 5일

오늘 오후 카미유가 방과 후에 집에 들렀다. 그앤 말없이 내게 종이 한 장을 내밀었다. 거기엔 클라라가 알록달록한 색깔들로 그려져 있었다. 눈은 분홍, 머리는 노랑, 몸은 초록. 카미유는 내 눈을 빤히 들여다보며 속삭였다.

"색깔은 일부러 그렇게 칠했어요. 클라라가 돌아오라고."

난 울지 않으려고 입술을 깨물면서 그애를 꼭 껴안았다. 아이에게서 좋은 냄새가 났다. 어린아이의 냄새, 피곤한 아이의 냄새. 눈을 감았다. 클라라를 품에 안고 있는 거라고 잠깐 동안 상상해보면서. 숨을 들이마셨다. 바다가 내 안으로 들어왔다. 우린 잠시 동안 그렇게 얼싸안고 있었다. 조금 뒤에 카미유가 몸을 빼며 말했다.

"가봐야 해요. 엄마가 걱정하실 거예요. 여기 온다고 말 안 했거든요."

"그래야지. 물론 그래야지."

나는 말을 더듬었다.

"어서 가거라, 카미유."

하지만 카미유가 계단을 내려가 집을 나서려는 찰나 그만 참지 못하고 달려가 그앨 다시 품에 안았다. 이번엔 소리없이 울었다. 눈물 때문에 눈과 뺨과 목이 화끈거렸다. 흐느낌을 참느라 어깨가 들썩였다. 숨을 쉴 수가 없었다.

얼마나 그러고 있었을까? 카미유의 보드라운 음성이 들렸다.

"이젠 정말 가야겠어요, 아줌마. 죄송해요."

내가 머리를 드는 순간 아이는 몸을 일으키며 순식간에 계단을 내려가 정문까지 달려갔다. 잠시 뒤에 보도를 뛰어가는 아이의 등에서 흔들리는 빨갛고 파란 가방이 눈에 들어왔다. 아이는 길모퉁이를 도는가 싶더니 이내 시야에서 사라졌다.

아이가 준 그림이 아직 손에 들려 있었다. 나를 보며 웃는, 분홍과 노랑으로 칠해진 클라라의 얼굴을 나는 바라보았다. 깜빡 잊고 카미유에게 고맙다는 말을 하지 않았다는 게 생각났다.

밤 한시다. 잠이 오지 않는다. 내 안에 너무도 많은 영상이 밀려들어와 머릿속을 공격한다. 밖에선 바람이 사납게 불어댄다. 밖은 춥겠지? 넌 어디에 있니, 클라라?

4월 9일

난 마흔 살이다. 뱅상과 클라라와 함께한 십 년 동안의 행복. 거기서 무엇이 남았나? 삶이 마흔 살에 멈출 수 있다고 누가 경고해준 적도 없었다. 당연한 무엇처럼 손 안에 단단히 쥐고 있던 걸 순식간에 빼앗기기도 한다는 걸 말이다. 한데 그런 일이 일어나고 말았다. 이미 모든 게 끝난 걸까?

조금 전에 로라 언니에게서 전화가 왔다.

"넌 마치 죽을 것처럼 말하지만, 두고 보면 알 거야. 지금은 상상이 안 가더라도, 삶이 권리를 되찾고 너도 무언가를 다시 시작하게 될 거야……"

언니는 잘못 생각하고 있다. 아이도 없는 언니가 알 수 있을 리 없다. 설령 이대로 내 생명이 연장된다 해도, 그건 잘려나간 팔에 댄 보철과도 같은 것이리라. 거기엔 이제 팔도 없고, 살도 없다. 아무것도 느끼지 못하는, 추위도 더위도 고통도 애무도 느끼지 못하는, '파손되지 않음'이 보증된 쇳조각이 그 자리를 대신하겠지.

4월 13일

공허와 죽음 그 자체에 익숙해질 것. 매사에 초연해지는 법을 배울 것.

오늘은 무척 맑고 화창한 날씨였다. 오랫동안 정원에 나가 있었다. 한기를 느꼈지만, 해를 향해 얼굴을 돌리고 흰 담벼락에 기대앉아 있었다. 사위가 쥐죽은 듯 고요했다. 새들이 지저귀는 소리조차 들리지 않았다. 모든 것이 눈부시게 빛나는 이런 날엔 행복을 믿을 수도 있었으리라. 클라라가 거기 있는 것 같았다. 물론 내 곁에 있는 게 아니라, 내 안에. 마치 몰래 내게 다가올 것만 같았다. 그토록 가깝게 있으면서도 이곳에 없는 그애를 느끼며 난 울었다.

뱅상을 생각하면 두려움이 앞선다. 내가 바른 길을 가고 있다고 믿어서가 아니라, 그래도 난 이 일을 극복할 수 있다고 생각되기 때문이다. 시간이 지나면 침묵과 고독을 되찾으리라. 조화와 균형은 아니더라도 최소한 마음의 안정을 찾을 것이다. 하지만 그는 어떤가? 그는 뛰어다니고 소유하면서 자신이 살아 있음을 느낄 필요가 있는 사람이 아닌가? 활동을 필요로 하고 고독을 피해 달아나는 사람이 아닌가 말이다.

난 그가 아무것도 잊지 않기를 바란다. 그애에 대해서든, 우리 두 사람에 대해서든. 그가 과거를 부정할까 두렵다. 살아남기 위한 유일한 방법은 과거를 백지 상태로 돌리는 거라고 믿을까 두렵다. 과거에 존재했던 걸 믿으라고, 우리 자신 말고 어느 누가 우리에게 강요할 수 있단 말인가? 난 뱅상을 안다. 우리가 헤어지고 나면 그는 눈을 감고 결심할 것이다. 과거는 아무 의미도 없으며 모든 게 오늘 시작된다고. 이런 그의 모습을 상상할 수 있다. 그는 과거의 추억과 이미지들을 몰아내어 마음속 어두운

구석에 처박아둘 테지. 그리고 그것들이 거기서 뛰쳐나오지 못하도록 조심스레 빗장을 지를 거다. 어제는 아무 의미도 없으며, 내일이면 분명 모든 게 다시 태어날 거라 믿으며.

그렇다고 그를 원망하지는 않는다. 그런 체념의 유혹을 느끼지 않을 사람이 있을까?

4월 22일

오늘이 석 달째 되는 날이다. 클라라 없이 보낸 석 달. 그러나 난 여전히 살아 있다.

4월 25일

기욤은 이해하지 못한다. 그는 나더러 정신 차리라고 한다. 내가 분명 실수를 저지르는 거라고. 기욤은 내가 고통 때문에 장님이 되었다고 단언한다.

어떻게 상대방에게 무엇이 좋고 나쁜지 안다고 생각할 만큼 교만해질 수 있을까? 여기엔 어떤 소유욕이 작용하는 걸까?

그에게 날 가만 내버려두라고, 또 그의 확신과는 반대로 그의 입장에서는 알 수도 상상할 수도 없는 내 고통에 대해 운운하는 걸 그만두라고, 난 요구했다. 남의 고통을 '상상한다'는 건 있을 수 없는 일이니까. 하지만 내가 이렇게 말했어도 그는 한숨을 쉬어대며 느른한 목소리로 못을 박았다.

"자네가 내린 결정에 반대할 마음은 없네, 주느비에브. 하지만 지금 이 순간 자네가 절대로 해선 안 되는 한 가지가 바로 시골로 내려가 은둔하는 거야. 이 생각만은 변함이 없네."

나는 아무 대꾸도 하지 않고 수화기를 내려놓았다. 클라라의 실종 이후 처음으로 분노를 느꼈다. 그 분노로 인해 나는 더 큰 고통에 휩싸였다.

4월 27일

그가 나를 보러 왔다. 오늘 아침엔 일찌감치 자리에서 일어나, 일곱시에 클라라의 방에 들어갔다. 그애의 옷가지와 장난감을 상자에 분류해 넣어야겠다고, 간밤에 마음먹었기 때문이다.

그는 소리없이 들어왔다. 클라라가 실종된 이후 처음으로 그가 이 방에 들어온 것이리라. 그는 잠시 아무 말 없이 내 동작을 바라보고만 있었다. 나는 목재 장롱 앞에 웅크리고 앉은 자세였다. 등 뒤에 그가 있음을 의식하면서도 뒤돌아보지 않고 클라라의 원피스와 치마를 계속 분류했다. 마음속으로 그가 말하기를 바랐던 것 같다. 그가 먼저 시작하기를, 마지막 말을 내뱉기를 바랐다. 이상하리만치 나 자신이 침착해짐을 느꼈다. 클라라가 올해 자주 입었던 아맛빛 원피스가 내 손에서 미끄러져내렸다. 그걸 집어들려고 몸을 굽히는 순간 그의 나지막한 목소리가 들렸다.

"난 떠나겠어, 주느비에브. 더는 여기 못 있겠어. 나머지는 모두 당신한테 맡길 거야."

그가 천천히, 어렵사리 말을 이어갔다. 마치 술에 취해 정신이 멍해진 사람 같았다. 벽에 걸린 클라라의 사진을 한 손으로 쓰다듬더니 방 안을 한 차례 훑어보았다. 너무도 마른 그의 모습에 나는 또 한번 충격을 받았다. 어떻게 삶이 이렇게까지 달라질 수 있을까? 어떤 상황에서도 쓰러지지 않을 만큼 강한 사람이 있을까? 늘 사람들에게 둘러싸여 사랑받고 있다고 느끼는 행복한 사람이나, 모든 것을 소유한 사람일지라도 그다음 날에는 이 모두를 깡그리 잃을 수 있지 않은가. 그러고 나면 고독의 길로 들어선다. 사랑하는 이들로부터 멀어지는 자신을 보면서도 속수무책인 채. 천애의 고아가 되어 혼자 남게 되는 것이다. 그렇다. 뱅상의 눈길에서 나는 방황의 빛을 읽었다. 넋이 나간 듯한 사람의 표정이었다. 딸의 방, 내게서 몇 발자국 떨어진 곳에 그가 이렇게 서 있는 것도 무슨 실수나 착오로 말미암은 것인 양. 문득 그가 자기 삶이 아닌 그저 다른 누군가의 삶을 연기하는 데 그치고 있다는 생각이 들었다.

난 그대로 웅크린 자세로 앉아 있었다. 적확한 말을, 그에게나 나에게 꼭 들어맞는 말을 찾으려고 애썼다. 우리에게 닥친 이 끔찍한 일에 어떤 폭력이나 아픔이 더해져서는 안 되었으니까. 하지만 아무 생각도 나지 않았고, 어떤 말도, 느낌도 떠오르지 않았다. 갑자기 나 자신이 텅 빈 것 같았다. 평온해 보였지만, 머릿속은 텅 비어 있었다. 나 자신이 이렇게 말하는 소리가 들렸다.

"난 이 집에 있지 않을 테야. 시골로 갈 거야. 조용한 곳이 필요해. 당신한테 모든 걸 맡길게. 난 아무것도 필요 없으니까."

난 자리에서 일어섰다. 그는 여전히 꼼짝 않고 나를 바라보았다. 얼굴 표정이 그대로여서 내가 한 말을 듣지 못한 게 아닌가 싶었다. 그 순간 그의 목소리가 울렸다.

"알았어. 이해해. 그게 나을지도 모르지. 달리 방법이 없으니까."

그는 말을 멈추었고, 우린 서로를 마주 보았다. 아, 그런데 왜 하필 이 순간, 그 장면이 떠올랐던 것일까? 내가 처음으로 그를 마주하고 꼿꼿이 서 있었던 모습이 생각났다. 우리가 몇 살이었지? 스물넷, 스물다섯? 어느 겨울, 친구들의 집에서였다. 난 느닷없이 한 낯선 청년 앞에 서게 되었다. 키가 크고 날렵해 보이는 다갈색 피부의 청년이었는데, 좀처럼 웃지 않는 진지하고 부드러운 표정이었다. 그가 검정과 회색이 섞인 벽난로에 몸을 기대고 선 모습이 눈에 선하다. 우린 서로 한마디 말도 주고받지 않았다. 그러나 그 순간 우리 두 사람 모두, 무언가가 우리를 사로잡고 있다는 걸 느끼고 있었다.

그런데 오늘 아침, 그와 나는 모든 게 끝났음을 이해했다.

난 그가 방에서 나갈 거라 생각했다. 그러나 그는 멍한 시선으로, 움직이지 않고 그대로 있었다. 난 잠시 멈칫대다가 다시 하던 일을 계속했다. 그때 갑자기 어깨 위에 그의 손이 느껴졌다. 내 몸에 그의 손이 닿았던 게 벌써 오래전 일이었는데…… 난 감히 뒤돌아볼 생각을 하지 못했고, 손 하나 까딱할 수 없었다. 숨을 쉬기가 어려웠다. 그의 손이 점점 더 세게 조여와 아프게 느껴질 정도였다. 이윽고 그의 말이 들렸다.

"왜 그런 일이 우리한테 일어나야만 했지? 빌어먹을, 왜?"

난 클라라의 원피스에 달린 투명한 노란 단추에 시선을 박고 있었다. 지난가을 내가 새로 달아준 단추였다. 눈물이 흐를까봐 나는 안간힘을 써서 시선을 한곳에 고정시켰다. 그의 손이 내 몸에 닿는 걸 느끼면서, 그걸 느끼면서, 이것이 그의 체온을 느끼는 마지막 순간임을 분명히 안다는 것…… 하지만 난 그에게 아무 대답도 할 수 없음을 알고 있었다. 출구가 없는 이런 질문에 무슨 답변을 할 수 있단 말인가? 질문이라고도 할 수 없는 질문이 아닌가?

그가 내 어깨에서 손을 떼기까지 얼마나 시간이 흘렀을까? 난 방바닥에 주저앉았다. 눈물로 시야가 흐려지기 시작했다. 노란 원피스가 수없이 많은 조각이 되어 반짝거리더니 이윽고 허벅지 위에서 흘러내렸다. 그걸 다시 주워들려 했을 때 뱅상은 이미 가고 없었다.

난 침대 위에 몸을 누인 채 이 글을 다시 읽는다. 오늘 저녁엔 참 많은 글을 썼다. 만일 글을 쓰지 않았다면 무슨 일이 벌어졌을까? 아마도 클라라의 방을 떠나지 않았으리라. 그리고 이번에야말로 고통이 나를 집어삼키도록 방치했을 것이다. 그러나 글을 쓴 덕분에 오늘 하루를 무사히 마칠 수 있게 되었다. 쓰러지지 않고, 또 결말을 내겠다는 유혹에 굴복하지 않고. 이번에도 역시 글이 나를 구했다.

4월 30일

조용히, 느릿느릿 흘러간 하루였다. 정원의 나뭇잎들을 주워 모았다. 흙냄새, 생명의 냄새에 목이 메었다. 한참을 울었다. 그러고 나니 마음이 후련했다.

집 안으로 들어가다가 우편함에서 로라 언니가 보낸 편지를 발견했다.

'주느비에브, 우리가 어렸을 때 엄마한테 야단맞던 일 기억나니? 그럴 때면 우린 거실 탁자 밑으로 들어가 숨었지. 그러면 넌 몸을 웅크리고 내 품 안으로 기어들어왔어. 넌 신기하게도 호주머니 속에서 늘 사탕을 찾아냈고, 우린 그걸 나누어 먹었지. 입 안 가득 사탕을 문 채 함께 킥킥대며 웃었어. 그러다보면 탁자가 우리의 왕국이 되고, 엄마의 꾸지람도 차츰 가라앉았지. 희망과 용기를 잃지 마. 매 순간 너를 생각한단다. 로라.'

난 편지를 가슴에 꼭 갖다댔다. 이 순간 언니가 얼마나 가깝고도 멀게 느껴졌던가. 언니와 나, 우리 둘은 앞으로 어떻게 될까? 아니, 우리 둘에게 과연 무슨 일이 닥칠까? 이 '우리'에 힘입어 우리 두 사람은 늘 나란히 걸어 나아갔다. 때로는 마찰을 일으키고 때로는 떨어질 줄 몰랐던 '우리'였지만 여하한 경우에도 산산조각이 난 적은 없었지. 어린 시절 이래로 줄곧 언니는 내게 새로운 세계를 열어 보여주는 사람이었다. 난 어김없이 돌파구를 찾아 달아났고, 이따금 언닌 기꺼이 그 안으로 휩쓸려 들어왔다. 그러고 나면 우린 늘 함께 다시 길을 떠났지. 언니가 앞서고 내가 그 뒤를 따라가며. 로라 언닌 용감한 꼬마 병정처럼 똑바로 걸어갔고, 부딪치거나 넘어져도 다시 일어섰다. 단단한 바위처럼. 반항 기질이 있는 난 샛길의 유혹을 물리치지 못했지만, 그래도 언니를 시야에서 놓친 적은 한 번도 없었다. 엄마가 돌아가셨을 때 우릴 구해주었던 이 '우리'에게 무슨 일이 닥치게 될까? 뱅상과 내가 좌초한 그 자리에서 언니와 내가 일어설 수 있을까? 우리 자매의 사랑이 어디까지 갈 수 있을까?

난 언니의 편지를 다시 읽는다. 희망이라고? 아니, 그런 건 갖지 않을 테다. 그건 날 죽이고 말 거다. 지평선에서 시선을 떼지 않을 테지만, 그것이 신기루여서는 안 된다. 그러느라 눈이 상하지는 않도록 할 것.

5월 4일

산책을 나갔다 저녁에 돌아온 뱅상이 현관에 서 있었다. 산책하는 동안 무슨 끔찍한 일을 당했는지, 마치 아이처럼 멍한 시선으로 같은 말만 되풀이했다.

"난 그앤 줄 알았어. 머리 모양도, 걷는 모습도 똑같았거든. 정말 그앤 줄 알았어."

이렇게 말하는 그의 이가 딱딱 맞부딪쳤다. 난 그의 손을 잡고 그를 침실로 데려가 침대 위에 눕혔다. 그는 겁에 질린 사람처럼 혼자 무언가 계속 중얼거렸다. 난 어린 아들에게 하듯 이불깃을 매트 밑으로 접어넣고 커튼을 친 다음 방을 나왔다. 그의 신음소리가 한참 동안 들리더니, 이윽고 지쳐 잠이 들었는지 잠잠해졌다.

앞으로 누가 그를 돌봐줄까?

5월 9일

언니와 함께 뷔트 쇼몽 공원으로 산책하러 갔다. 사람들이 거의 없었다. 따뜻하고 화창한 날씨였다. 뱅상과 난 헤어질 거라고 언니한테 말했다. 언닌 당황한 듯 잠시 말이 없더니 이윽고 두 번이나 물었다.

"왜? 왜 그래야 하는 거니?"

어떻게 설명할 수 있을까? 나는 아무 대답도 할 수 없었다. 우리 옆에 있는 벤치에서 한 엄마가 아기와 함께 놀고 있었다. 아기는 간간이 웃음을 터뜨렸다. 기쁨에 환히 빛나는 그 두 사람에게서 난 눈길을 뗄 수 없었다.

그러는 동안 언니는 정신을 가다듬었다. 그리고 천천히, 조심스럽게 말하기 시작했다. 내게 상처를 주지 않으려고 애쓰는 모습이 보였다. 우리 두 사람, 그러니까 뱅상과 나는 아직 충격에서 벗어나지 못하고 있다는 것, 그래서 지금 무슨 일을 저지르고 있는지 모른다는 것이었다. 언니는 내게 클라라가 실종된 지 약 석 달 반이 지났음을 환기시켰다.

"석 달 반이야. 생각해봐, 주느비에브. 석 달 반이 얼마나 짧은 시간인지. 너희 두 사람에겐 아주 길어 보일 테지만 평생을 두고 보면 아주 잠깐이야. 눈 깜짝할 순간이야!"

그리고 클라라가 우리의 사랑을 이어주는 유일한 대상은 아니며 그 밖에 다른 것들도 있다고 언니는 말했다. 우릴 오랫동안 알아온 사람들이 그걸 증명할 수 있을 거라고. 그렇다면 우리의 사랑이 어떤 건지, 무엇으로 이루어졌는지 다시 찾아내는 건 우리 두 사람의 몫이라고.

나는 눈을 감은 채 언니의 말에 귀 기울였다. 난 울고 있었다. 물론 언니의 말이 옳았다. 그렇긴 해도 언니는 완전히 착각하고 있었다. 우리한테 닥친 일이 무얼 의미하는지 전혀 이해 못 하고 있는 거였다. 뱅상과 나 자신도 알 수 없었으니까.

5월 12일

오늘은 날씨가 더웠다. 난 흰색과 파란색이 섞인 원피스를 입었다. 뱅상과 클라라가 참 좋아했던 원피스였지. 머지않아 여름이 올 것이다. 정원에서 좋은 향기가 난다. 매년 이맘때면 클라라와 난 꽃을 심었지. 작년엔 처음으로 어떤 꽃을 심을지 함께 고르기도 했다. 햇빛과 웃음으로 가득했던 그날이 생각난다. 햇빛을 받고 있는 클라라는 아름다웠다. 그때 난, 아이가 컸구나, 하는 생각을 했다. 자랑스러웠고, 더없이 행복했다. 저녁엔 뱅상까지 셋이서 함께 잔디 위에서 식사를 했다.

이 첫번째 노트를 이제 다 써간다. 내일부턴 새 노트로 시작해야지. 글쓰기를 멈춘다면 죽고 말 것이다. 오직 글만이 내가 살아 있도록 지탱해준다.

뱅상과 주느비에브
2005년 6월

깊고 광막한 밤이다. 난 마을 어귀에 차를 세워둔 다음 황량한 거리로 들어선다. 마을 광장에 가로등 두 개가 오렌지색 불빛을 발하고, 그 흔들리는 광채에 몇몇 집들의 정면이 드러난다. 광장의 나머지 부분은 어둠 속에 잠겨 있다. 전체적으로 무대장치 같은 인상이다. 남프랑스 소로를 찾아 발길 닿는 대로 걷는다. 머리가 빙빙 돈다. 이 모두가 한갓 꿈에 불과하고 잠시 후면 파리의 내 아파트 침대에서 깨어날 거라 믿기 위해선 그저 두 눈을 감기만 하면 될 것 같다. 하룻밤 동안, 과거에 사랑했던 여자를 향해 여행을 떠나도록 한 이 꿈은 기억하지도 못한 채.

저만치 머리 위에서 반쯤 열린 창문을 통해 불쑥 들려오는 새된 목소리가 나를 마비 상태에서 깨어나게 한다. 부부가 다투고 있다.

"당신이 약속했잖아, 앙리."

여자가 울먹이며 말한다. 그러자 남자가 단호하고도 퉁명스런 목소리로 대답한다.

"말도 안 되는 소리 마."

난 걸음을 재촉한다. 손목시계를 들여다본다. 자정이다. 잠시 후면 주느비에브 곁에 가 있을 것이다. 주느비에브가 죽어가고 있다. 이제 시간이 얼마 남지 않았다.

집은 샛길 깊숙한 곳에 자리하고 있다. 집으로 들어가는 좁은 출입로 양편으로 이름 모를 꽃들이 심겨 있다. 장미와 튤립을 제외하곤 사실 난 꽃에 대해선 그다지 아는 게 없다. 천천히 걸어간다. 모든 것이 비현실적이고 불확실해 보인다. 두 발로 땅을 밟고 있다는 것도 간신히 느껴질 뿐이다. 마치 둥둥 떠다니는 것만 같다. 머릿속에 이런저런 생각들이 여과되지 않은 채 무질서하게 교차한다. 지난 십오 년간 그녀는 이 출입로를 수천 번도 더 오갔겠지. 이 꽃들이 자라는 걸 보았겠지. 그리고 이 집을 사랑했겠지. 주느비에브, 이것이 그녀가 선택한 것들이다. 내가 없는 삶.

난 집 발치에 와 있다. 잠시 발을 멈추고 천천히 고개를 든다.

등 하나가 집의 정면을 비추고 있다. 이층에 나 있는 창문 두 개는 덧창이 닫혀 있다. 저 뒤에 주느비에브가 누워 있는 걸까?

난 주느비에브의 얼굴과 옆모습을 기억해보려고 눈을 감는다. 아무것도 떠오르지 않는다. 아무런 영상도. 대신 그녀의 낮고 낭랑한 웃음소리가 머릿속을 채우는가 싶더니 어느새 자취를 감춘다.

난 침착하게 숨을 쉬려고 애쓴다. 심장의 고동이 점점 빨라진다. 이제 난 쉰여섯 살이다. 겁이 난다. 공포. 아이들의 공포. 더는 아무것도 알 수 없게 된 자들이 느끼는 공포.

초인종을 눌렀다. 아무 소리도 들리지 않는다. 그녀는 문을 열러 내려올 힘이 있을까? 아직 일어나거나 걸을 수 있는 걸까? 말을 할 수 있을까?

다시 초인종을 누른다. "당신은 병든 여자가 어떤 건지 몰라"라고 말하며 주의를 주었던 파스칼이 떠올랐다. 사실이다. 난 병이 무언지 모르고, 또 그것이 어떻게 육신을 피폐하게 만드는지 모르니까. 친구들이 병에 걸린 어머니나 형제, 친지에 대해 말하는 걸 물론 듣긴 했지만 말이다. 나를 보지 않고 얼빠진 사람처럼 한곳을 응시하는 그들의 눈이 말보다 더 많은 걸 이야기해주었고, 그들이 어떤 시련을 감당하고 있는지를 짐작하게 해주었다. 사랑하는 이에게 닥친 예기치 못한 변화 앞에서 그들이 얼마나 무기력해지는지를. 난 그들의 말에 귀를 기울였다. 그들이 느끼는 혼란에 나 역시 마음이 동했으며, 가슴이 아팠다. 하지만 그들이 말하는 세계에 나 자신이 발을 들여놓은 적은 한 번도 없었다. 내가 아는 한 죽음은 점차 손상되고 초췌해져가는 육신이 아니라 공허를 마주하고 느끼는 현기증이다. 우리를 끊임없이 덮치며 한없이 지속되는, 무에 대한 공포다.

물밀듯이 밀려오는 이 생각들을 떨쳐버려야 한다. 내가 여기 온 건 주느비에브를 보기 위해서지, 과거를 회상하기 위해서가 아니니까.

갑자기 내 앞에서 문이 활짝 열린다. 몇 센티미터 떨어진 자리에, 그녀가 나를 마주 보고 서 있다. 눈을 내리깔아선 안 된다. 내 두려움을 눈치채게 해선 안 된다.

이 문지방에서 뿌리를 내리고 나무가 될 것. 더는 움직이지 말 것. 영원히 꼼짝 않고 그대로 있을 것.

그녀가 먼저 입을 연다.

"들어와요. 감기 걸리겠어요."

나는 천천히 고개를 끄덕인다. 애써 웃음을 지어 보인다. 그러나 마치 잔뜩 찌푸린 사람처럼 얼굴이 일그러지는 것을 느낀다.

안으로 들어간다. 입구 저편에 작은 전등이 켜져 있다. 최대한 천천히 문을 닫으면서 생각할 시간을 갖는다. 그녀의 얼굴과 몸을 보게 될 거라고. 어쩌면 그것들을 알아보지 못할 수도 있다고.

뒤로 돌아선다. 마침내 우린 서로를 마주 본다. 눈이 멀어버린 듯한 느낌. 그녀의 마른 모습이 맨 먼저 눈에 띈다. 머리털이 거의 다 빠지고, 얼굴엔 휑한 두 눈만 보인다. 난 비틀거린다. 그녀는 꼼짝도 하지 않는다. 내 시선을 피하지도 않는다. 그녀는 안다. 분명 알고 있다.

눈부심이 차츰 사라진다. 이제 다리가 휘청대지도 않는다. 다시 한번 그녀에게 시선을 돌리기로 한다. 이제 서서히 그녀의 모습을 알아본다. 내 안에 남아 있던 주느비에브의 모습을. 앙상한 몸뚱이에 다 빠져버린 머리털, 커다란 두 눈뿐인 얼굴 저편에 있는, 예전의 그녀를 본다. 좌우가 약간 비대칭인 입을 제외하곤 반듯한 얼굴, 맑은 회청색 눈, 입가의 작은 점, 목에 두른 삼각 벨벳 숄, 길고 가느다란 몸. 얼마나 오랫동안 그렇게 서로 마주 보고 있었을까? 상대방 속에서 자신을 잃은 채, 서로를 더 잘 알아보려고 애쓰면서.

"기다리고 있었어. 이렇게 빨리 와줘서 고마워."

목소리가 그대로였다. 나지막이 노래 부르듯 울려퍼지는 목소리. 병도 목소리를 바꾸어놓지는 못했다.

"그럴 수밖에 없다는 걸 당신도 알 거야."

내 목소리가 꺼져간다. 소리가 목구멍에서 채 나오지 못하고 질식당하는 느낌.

"오늘 저녁엔 정말 춥네! 뭐라도 좀 먹거나 마시지 않겠어?"

난 거절의 표시로 고개를 젓는다. 날씨가 포근하다는 이야길 하지 말아야지. 바깥은 따뜻하고 향기로운 밤이라는 걸. 냄새가 좋다. 정말 좋다. 시골로 산책을 나가는 일이 거의 없는, 아스팔트와 자동차 냄새, 도시의 냄새에 길들여진 내겐 뜻밖의 경험이다. 문 저편에 가득한 흙 향기, 그 훈훈한 생명의 냄새에 정신이 아찔해진다.

무슨 말을 처음 꺼낼지 생각해두었어야 했는데…… 네 시간 동안 차를 몰면서 떠오르는 말이 하나도 없었다. 그리고 지금 난 그녀 앞에 와, 아무 말도 하지 못한 채 서 있다.

"다시 누워야겠어. 피곤해. 주방은 복도 끝 왼편에 있어. 찬장에서 무얼 좀 꺼내 먹어. 먼 길을 오느라 힘들었을 테니까. 그런 다음 나를 보러 와."

이렇게 말하고 그녀는 벌써 돌아서서 소리없이 멀어져간다. 그녀가 천천히 층계 밑까지 이르는 모습이 보인다. 몸이 뻣뻣하고, 다리가 나무토막인 양 걸음걸이가 서툴다. 층계 난간을 붙잡고 간신히 계단을 걸어 올라간다. 한 계단 한 계단, 아주 느리게. 난 눈길을 돌린다.

머리가 다시 빙빙 돈다. 맞은편에 의자 한 개가 보인다. 난 거기 털썩 주저앉는다. 배는 고프지 않다. 지금 내게 필요한 건 위스키 한 잔이다.

눈을 감는다. 미지의 땅에 와 있는 느낌이다. 언어도 관습도 모르는 그런 땅에. 아는 이가 하나도 없는 땅. 난 혼자다.

자리에서 일어서기 전 그녀의 이름을 낮게 속삭여본다. 불안이 가슴을 조여온다. 이럴 순 없다. 남자가 되어서 일어서는 일조차 힘들어하다니. 사랑했고 함께 고통 받았던 여자를 다시 보기를 두려워하다니. 두 다리를 버티고 서 있을 수 없다니! 다른 남자들이라면 더 용감할 수 있을까?

계단을 올라간다. 아무것도 보이지 않는다. 어둠 속을 더듬으며 간신히 나아간다. 왜 그녀는 등불을 하나도 켜두지 않았을까? 이윽고 어느 방문 아래로 가느다란 불빛이 새어나오는 게 보인다. 조용히 방문을 두드린다. 그녀의 목소리가 들린다. 웃음소리 같기도 한 목소리에 흠칫 놀란다.

"들어오지 않고 뭐 해? 기다리고 있어."

난 방문을 연다. 시트 위로 그녀의 파리한 얼굴이 드러나 있다. 그녀는 한 손으로 가까이 오라는 손짓을 한다.

"이 침대 속은 추워. 눈 내리는 저녁이라 생각하게 될 만큼, 모든 게 너무나 고요해. 새소리도 들리지 않고. 당신이 오기 직전에 밖을 보려고 창문을 열었지. 정원이 온통 흰 눈으로 덮여 있을 거라 생각했거든. 바보 같지 않아? 6월 한복판에 와 있는데……"

"담요를 한 장 가져다줄까?"

"아니야, 됐어."

그녀는 잠시 망설이더니 더 낮고 부드러운 음성으로 말한다. 날 괴롭히고 싶지 않다는 듯이.

"별 도움이 안 될 거야. 이런 추위에는 말이야."

다시 우리 사이에 침묵이 감돈다. 우리가 서로 만나는 데 성공했다는 확신이 없다. 우리에게 얼마 남지 않은 이 시간을 낭비하지 않으리라는 확신도 없다. 주느비에브는 환자이고, 지쳐 있다. 나 역시 요 몇 년 동안 고통을 참아내느라 바싹 말라버렸다. 내 안의 모든 것이 오그라들었다.

"혼자야?"

"응, 피로감만 없다면 그리 나쁘지 않아. 간호사가 아침저녁으로 들르고, 정오엔 이웃집 여자가 식사를 갖고 와. 그리고 나머지는……"

그녀는 살짝 미소를 지어 보인다. 그리고 두 눈을 감는다. 목에 내가 모르는 금목걸이가 걸려 있는 게 눈에 띈다. 아주 섬세한 구식 목걸이다.

"저쪽 구석에 의자가 하나 있어. 갖고 와서 내 곁에 앉아."

난 아무 말 없이 그녀가 시키는 대로 한다. 그녀는 계속 눈을 감고 있다.

나는 좀더 용기를 내어 그녀를 바라본다. 그녀의 얼굴, 머리, 목에 시선이 머문다. 그렇게 몇 분이 흐른다. 난 그녀에게 다가간다.

"주느비에브, 치료는 받았어? 병원에 입원은 해봤어? 병원에서 무언가 할 수도 있잖아?"

"안 돼. 병원은 절대 안 돼. 설령 병원에서 내 생명을 몇 개월 연장시킬 수 있다 한들 그게 무슨 소용이겠어? 이미 충분히 생명을 연장시켰어. 이제 어떤 종착역에 이르렀다는 느낌이야. 아무런 욕구도 없어. 이미 어느 정도 마음이 떠버렸기 때문일 거야. 내 집조차도. 뱅상, 그렇게 사랑했던 집도 마찬가지야. 이젠 관심이 없어. 누군가 이 집을 소유하게 될 거고, 나보다 더 잘하진 못하더라도 나만큼은 관리할 수 있겠지."

그녀가 눈을 뜬다. 그 순간 무언가 그녀의 얼굴 위를 스쳐 지나간다. 가벼운 떨림. 갑작스레 창백해지는 안색. 그녀는 잠시 입을 다물고, 다시 눈을 감는다.

"죽는 게 두렵지 않다고 당신한테 말할 수 있을까? 아니, 그럴 순 없을 거야. 모든 것이 끝나는 마지막 순간을 생각하면 불안을 느껴. 더없이 큰 고독을 마주한 고뇌랄까. 무서워. 정말이지 무서워. 소리를 질러댈 것만 같은 순간들도 있어. 울부짖고 싶다는, 그런 에너지가 아직 남아 있는 거야. 하지만 인정하지 않을 수 없지. 모든 게 끝났다는 걸. 차라리 잘된 일이야. 결국 모든 게…… 아니, 모든 건 아니지. 당신이 와주길 바랐으니까."

난 그녀 쪽으로 몸을 기울인다. 두 눈이 타들어가는 것 같다. 그녀의 말 한 마디 한 마디가 내 살 속으로 들어오는 느낌이다. 그녀는 눈을 뜨고 몸을 일으킨다. 난 그녀가 목덜미 뒤에 베개 두 개를 받치도록 도와준다. 그녀가 나를 바라본다. 미소도 짓지 않고 뚫어져라 바라본다. 마치 질문에 대한 답을 구하는 듯한 눈이다.

"당신이 내 곁에 오래 머무르길 바라진 않아. 단지 마지막으로 함께 이야기해야겠다고 생각했어. 마지막으로 한 번 더 당신과 그애 이야기를 하지 않곤 사라질 수 없어."

난 자리에서 일어선다. 방 안이 덥다. 질식할 것만 같다. 불가능한 일이다. 오지 말았어야 했을 것을.

"왜 침대를 창문 곁에 두지 않았지? 이 자리에선 아무것도 볼 수 없잖아."

"창문 곁에 있었어. 그저께 간호사에게 이리로 옮겨달라고 한 거야. 그게 더 나으니까."

난 한 손가락으로 커튼을 걷고 덧창을 반쯤 연다. 따뜻한 바람 한 점이 얼굴에 와 닿는다. 멀리서 개구리들이 시끄럽게 울어댄다. 속삭임에 가까운 나지막한 목소리로 그녀가 말한다.

"클라라가 보고 싶어, 뱅상. 얼마나 보고 싶은지 몰라. 요 며칠 동안은 견딜 수 없을 만큼 보고 싶었어. 가끔 그애가 내 곁에 있는 꿈을 꿔. 내 이마의 땀을 훔쳐주고, 몸을 꼭 껴안는 거야. 그애 덕분에 편안히 죽을 수 있어. 꿈속에선 모든 게 부드럽고 쾌적해. 마음도 차분하고. 그런데 눈을 뜨면 혼자가 되고 말지. 끔찍한 일이야. 이젠 모르겠어…… 요즈음은 아침에도 그대로 자리에 누워 있어. 도저히 일어날 수가 없어."

그녀는 말을 멈추었다.

돌아서서 그녀를 안아주어야 한다. 혼자 버려두어선 안 돼.

나는 그러지 못한다. 마음대로 되지 않는다. 무언가 나를 가로막는데, 그게 무언지 모르겠다. 난 그녀에게서 몇 걸음 떨어진 곳, 그러나 아주 먼 곳에 하릴없이 서 있다.

"클라라의 시신이 발견되지 않았다는 게…… 옷도, 아무것도 찾을 수 없다니, 무슨 일이 일어났는지 전혀 알 수 없다니……

견딜 수 없는 일이야. 더는 못 참겠어."

난 침대로 다가간다. 그녀의 머리가 베개 밑으로 내려와 눈이 보이지 않는다.

난 그녀가 덮고 있는 시트를 젖힌다. 그녀의 오른손이 배 위에 올려져 있다. 난 조심스레 그 손을 잡아 내 두 손 안에 꼭 쥔다. 여기 도착해서 처음으로 주느비에브의 몸에 닿는 손길이다. 난 잠시 움칫한다. 그녀의 손이 너무 차다. 조금이라도 덥혀주어야겠다.

"그애가 고통을 받지는 않았다고 생각해봐."

내가 나직이 속삭인다.

"클라라는 우리가 자기를 버렸다고 생각했을 거야. 그앨 찾는 걸 그만두지 않았어야 했는데."

"그 사람들이 꼬박 두 주를 찾아헤맨 걸 당신도 알잖아. 아무런 실마리도, 목격자도 찾지 못했어. 아무것도. 하지만 그들은 최선을 다한 거야."

손이 조금 따뜻해진 것 같다. 내 손 안에서 그녀의 손가락이 움직거린다.

"우리의 관점을 흐리게 만들고 과거를 변질시켜놓는 게 시간이야."

나는 조용히 말을 잇는다.

하지만 시간과 병, 임박한 죽음에 대한 생각을 감히 입 밖에 내지는 못한다. 한층 느리고 차분해진 목소리로 그녀가 되받아 말한다.

"물론 당신이 옳아. 한데 웬일인지 그애가 실종되고 난 뒤의 순간들이 며칠 전부터 선명하게 떠오르는 거야. 처음엔 그애가 실종된 걸 알고 깜짝 놀랐지. 겁이 났어. 그러곤 기다렸지. 우리 두 사람이 멀어지게 되고…… 모든 게 머릿속에 또렷이 남아 있어. 2월의 추위, 우리 집 정원, 당신, 그리고 당신의 마른 몸, 이 모두가 똑똑히 기억나. 출구가 보이지 않던 그 지옥 같은 끔찍한 시간들이 생각나. 우리가 얼마나 무기력했는지도."

그녀는 간신히 내 쪽으로 돌아누워 나를 바라본다.

"이런 말 하는 걸 용서해줘. 당신은 그 순간들을 기억하고 싶지 않을지도 모르니까. 한데 내가 하려던 말은 딴 거야. 당시 몇 달 동안 일기를 썼다는 말을 하려던 참이야. 저녁에 그럴 만한 기운이 남아 있을 때만. 사람들이 어머니나 형제에게 매달리듯이 난 글쓰는 시간에 매달렸지. 고통을 덜려고 했던 게 아니라, 고통에 빠져 헤어나지 못하게 될까봐서. 고통이 날 집어삼키지 못하게 하려고. 이곳에 정착해서도 계속 글을 썼어. 매일 쓴 건 아니고, 필요하다고 느낄 때만. 하지만 노트를 열어보지 않은 지 사 년째야. 뱅상, 난 당신이 그것들을 보관했으면 좋겠어. 클라라가 실종되었을 때 우리가 함께 나눌 수 없었던 걸 당신이 이제 기억할 수 있었으면 좋겠어. 읽고 싶을 때 읽어. 몇 년 후라도 괜찮아. 그 노트가 당신 곁에 있다는 생각만으로도 난 행복할 거야."

그녀는 웃음을 지어 보인다. 난 고개를 끄덕인다.

"노트를 가져가겠어. 약속해. 그게 어디 있지?"

"주방 옆 골방에 있는 내 책상 위에. 쉽게 찾을 수 있을 거야. 파란 봉투 안에 있어. 모두 세 권이야."

여기서 입을 다물고 그녀는 눈을 감는다. 빠르고 단속적인 그녀의 숨소리가 들린다. 한꺼번에 너무 많은 말을 하느라 지친 것 같다. 그녀의 여윈 얼굴을 바라본다. 그녀가 죽어가고 있다는 것을 믿을 수 없다. 머지않아 이곳에 없을 거라는 게 믿기지 않는다.

그런 생각에 빠져 있는데 어느새 그녀가 다시 입을 연다. 차분하고 느린 목소리로.

"당신은 어떻게 지냈는지 모르겠어. 나한텐 지난 십오 년이 조용하고도 단순한 세월이었지. 어떻게 시간을 길들일지 매일 생각해야 했어. 여기 처음 도착했을 땐 꼭 마취당한 환자 같았지. 아침이면 일어나고 저녁엔 잠자리에 들고, 늘 똑같았어. 그렇게 하루하루가 흘렀고, 난 아무 느낌도 없었어. 이 모든 게 소용없다는 생각, 차라리 끝장을 내는 게 낫다는 생각이 들기 시작했지. 그런데 차츰…… 집을 돌보지 않으면 안 되었어. 정원도 가꾸어야 했고. 내가 가만히 있으면 풀이 사방에 아무렇게나 자라고, 나무가 병들고, 페인트칠이 벗겨져나가고, 갈라진 틈이 생겨났으니까…… 이런 일들에 대해선 아무것도 모르는 난 전부 새로 배워야 했어. 조금씩 나 자신이 소생하고 있음을 알았지. 저녁이면 물집이 잡혀 있고 몸이 쑤셨지. 등이 뻐근했어. 목이 마르고 배가 고팠지. 육체의 그런 사소한 고통들은 오히려 기분 좋은 것이었어! 내가 살과 뼈로 이루어진 몸이라는 걸 다시 느끼게 해주었으니까…… 그건 거의…… 기적이었어. 당신 생각이 났지. 당신은 어떻게 지내는지 궁금했어. 그곳 파리에 남아 있는 당신한텐 구원이 되어줄 흙도 없잖아. 그렇다면 어떻게 계속 살아갈 수 있었지? 당신을 부르고 싶었던 적이 몇 번인지 몰라! 그 사람도 이걸 나누어가져야 한다고, 안 그러면 헤어나지 못할 거라고 생각했지. 얼마나 바보 같은 생각인지!"

나를 바라보는 그녀의 얼굴에 미소가 감돌았다. 두 뺨이 살짝 패었다.

"왜 우린 늘 다른 사람들도 우리와 같다고 믿거나 또 그렇게 되길 바라는 거지? 내게 흙이 있었다면, 당신도 분명 나름대로 살아남기 위해 무언가를 찾아냈을 텐데 말이야. 그런데 내가 이런 이야길 하는 건…… 여기서 흘러간 세월이 어땠는지 당신이 조금이나마 상상할 수 있도록 하기 위해서야."

난 그녀 쪽으로 몸을 기울인다.

"주느비에브, 함께 밖으로 나가자. 이 방에서 나가는 게 좋겠어. 둘이 산책이라도 하러 가. 날씨도 따뜻하고, 내가 춥지 않게 옷을 입혀줄 테니까. 틀림없이 기분이 좋아질 거야. 밤낮으로 여기 처박혀 있어선 안 돼. 당신한텐 숨쉴 공기가 필요해."

그녀는 놀란 표정으로 내 얼굴을 빤히 쳐다본다. 그리고 약간 나무라는 목소리로 대답한다.

"뱅상, 난 십 미터도 못 걸어. 게다가 이 밤중에 어딜 가자는 거야?"

잠시 침묵이 흐르더니 그녀가 다시 입을 연다.

"게다가 산책 나가고 싶은 생각도 없어. 나무와 하늘을 보는 것도, 흙냄새나 6월의 냄새를 맡는 것도 이젠 관심이 없어. 이해하겠어?"

눈을 감자. 숨을 쉬고 정신을 차리자. 그녀 앞에서 무너져선 안 된다.

그녀가 더 낮은 목소리로 말한다.

"당신과 밤새도록 이야기하고 싶어. 당신을 위해, 우리 두 사람을 위해 힘을 비축해두었으니까. 이틀 동안 계속 잠만 잤어.

눈을 뜬 건 단지 무얼 좀 삼키고 물을 마시기 위해서였지. 그러고 나면 다시 몸을 누이고 잠드는 거야. 우리가 함께 나누게 될 이 마지막 순간에 내게 중요한 건 그것뿐이야. 왜냐하면……"

그녀는 말을 멈춘다. 마치 기도라도 하듯 날 뚫어져라 쳐다본다. 난 용기를 내어 그녀의 눈길을 견디며 그 말없는 포옹을 받아들인다. 우린 한참 동안 그렇게 바라본다. 그리고 서로에게 자신을 내맡긴다.

그녀가 속삭인다.

"시간이란 건 아무것도 아니야. 안 그래? 때론 영원이 여기 있으니까……"

그녀는 말을 하다가 만다. 난 가만히 고개를 끄덕인다. 그녀의 조용한 음성이 다시 들린다.

"그렇긴 해도 죽음을 받아들이긴 어렵지. 이따금 삶이 예고도 없이 머리를 쳐드니까. 그 안에 담긴 온갖 욕구와 무용수의 그 날렵한 동작으로 말이야……"

난 그녀 쪽으로 몸을 기울여, 그녀가 아프지 않게 조심스레 몸을 껴안는다. 무명옷 안의 너무도 마른 몸이 느껴진다. 뼈만 앙상하다.

"우린 언젠가 모두 죽어, 주느비에브. 그저 지나갈 뿐이야. 클라라 역시 그렇게 지나갔을지 몰라."

"그러니까, 클라라 역시 그렇게 지나갔단 말이지. 나의 클라라가…… 그 부드럽고 따뜻한 몸도, 우윳빛 살결도, 맑은 목소리, 웃음소리도. 그애도 다른 애들이 모두 그렇듯 우리 품을 떠났을 거란 말이지. 사라져버렸을 거란 말이지. 가끔 나 자신에게 묻곤 해…… 그애가 예쁘게 자랐을까? 난, 그랬을 것 같아. 그애가 자라서 사춘기 소녀가 되고 여자가 되어 있는 모습을 종종 상상해보지. 매번 그 모습이 달라지지만 말이야. 짧은 머리일 때도 있고 긴 머리일 때도 있어. 가냘픈 몸이었다가 통통한 몸이 되기도 하고…… 마치 수천 개의 클라라가 있는 것 같아…… 사춘기엔 몸이 많이 변하니까."

난 그녀 목덜미의 움푹 팬 곳, 예전엔 머리털에 가려 보이지 않던 그곳을 어루만진다. 그녀의 몸이 내 손가락 밑에서 가늘게 떨리는 게 느껴진다. 그녀는 꼼짝도 하지 않는다.

"누구랑 함께 살아?"

"응."

"잘됐네. 내일 여길 떠나면 다시 보게 될 사람이군. 그렇게 당신 삶은 지속될 거야."

삶이 어떻게 지속된다는 거지? 뭐가 지속된다는 거지, 주느비에브? 내가 파스칼과 함께 사는 게 아니라 그녀 곁에서 산다는 걸 어떻게 이해시킬 수 있을까? 난 더는 누구와 함께 사는 법을 모르게 되었으니까.

"당신은? 그후 줄곧 혼자 살았어?"

"응. 그럴 수밖에…… 우린 헤어졌지만, 그래도 난 항상 당신을 사랑했어. 우리의 사랑이 어디로 달아났는지, 어느 구멍에 웅크리고 틀어박혀 있는지 정말 알고 싶어. 수없이 나 자신에게 물었지만 한 번도 대답할 수 없었어. 마치 고통이 날 영원히 당신 안에 봉해버린 것 같았어. 당신 곁에서 계속 살지는 못하게 하면서. 어떻게 말해야 할까……"

"그래, 알겠어. 무슨 말인지 알아."

"목이 말라, 뱅상. 물을 좀 갖다줘."

그녀는 갑자기 입 안이 깔깔한 듯 목소리가 막힌다. 그녀가 떨고 있는 게 보인다.

"알았어. 잠시 쉬고 있어."

그녀는 고개를 끄덕인 뒤 눈을 감는다. 난 방에서 나와 주방 쪽으로 간다.

복도가 어둡다. 집 안의 불이 모두 꺼져 있다는 걸 깜빡 잊고 있었다. 마치 아이가 된 느낌이다. 복도가 끝도 없이 이어진다. 어디로 가고 있는지 모르겠다. 발을 내딛기가 무섭다. 길을 잃을까 두렵다. 도망가고 싶다. 주느비에브에게서, 그녀가 겪고 있는 고통과 피로에서 달아나고 싶다. 여기에 있으면서 동시에 다른 곳에 가 있고 싶다. 책을 한 권 가져다가 주느비에브에게 이야기를 들려주면 어떨까? 아니면 시를 읽어주든지. 그렇게 해서 조금씩 그녀가 눈을 감도록 하는 거다. 어둠에 놀란 아이가 잠들 수 있게 달래주듯이.

갑자기 어머니 생각이 난다. 어머니는 다행히 병을 앓지 않으셨다. 5월의 어느 저녁 예고도 없이 그렇게 돌아가셨다. 평생 그러셨듯이, 눈에 띄지 않게 조용히. 왜 어떤 사람들은 다른 사람들보다 더 많은 시련을 겪게 되는 걸까?

마침내 주방을 찾아냈다. 불을 켠다. 식탁 위에 물 한 병과 버찌가 가득 담긴 그릇이 놓여 있다. 냉장고는 거의 비어 있다. 토마토 몇 개, 샐러드, 치즈 한 조각이 전부다. 갑자기 오래전 일이 떠오른다. 우리 두 사람이 처음 살던 아파트가. 우리가 만나서 사랑하게 된 지 몇 달이 지난 시점이다. 어느 토요일, 우린 임대차계약서에 서명을 한 뒤 열쇠를 받아들고 아직 비어 있는 아파트로 달려간다. 시끄럽고 페인트칠이 벗겨져 떨어지는, 별로 상태가 좋지 않은 아주 작은 원룸이지만, 우리한텐 근사해 보인다. 실현 불가능할 것 같던, 더없이 터무니없는 내 꿈들이 기대 이상으로 실현되었다는 느낌에 사로잡혔던 기억이 난다. 그건 충만감이었다. 그날, 세상은 더없이 투명해 보였다. 주느비에브도 나와 똑같은 느낌이었다. 그날 오후, 그녀와 나는 기쁨을 경험했다.

오랜 세월이 지난 지금, 그 강렬했던 느낌들에서 무엇이 남았나? 그것들은 우리 자신의 어느 부분에 깊이 감추어져 있을까? 그것들 덕분에 우리가 성장한 걸까? 아니면 그것들은 흔적도 남기지 않은 채 그저 지나가는 걸로 만족했을까? 오늘 밤엔 마음이 몹시 허전하다. 그 기쁨으로부터 까마득히 떨어져나온 기분이다. 혹시 클라라가 실종되지 않았다면 그애가 그 기쁨을 온전히 가져다주었을까? 하지만 그애가 없는 지금 내겐 의혹이 스친다. 그 모든 일이 정말 있었는지, 아니면 강렬한 감정들을 경험했다고 믿고 싶은 나의 욕망이나 기억이 날 속이는 건 아닌지.

아니, 그건 불가능하다. 이 기쁨을 내가 꾸며내고 상상해냈을 리 없다. 그건 분명 나를 뚫고 지나갔다.

주느비에브가 얘기한 노트들이 문득 생각난다. 주방 옆에 그녀가 말한 골방으로 통하는 문이 보인다. 그 방으로 들어간다. 탁자 하나, 의자 하나가 들어가면 꽉 차는 공간이다. 아마도 여기가 주느비에브의 피신처였으리라. 탁자 위에 놓인 파란 봉투가 눈에 띈다. 가까이 가서 봉투에 손을 댄다. 잠시 망설이다 손을 뗀다. 언젠가 이 글들을 읽을 용기를 낼 수 있을까? 우리가 받은 고통에 대해 주느비에브가 표현해놓은 것을 찾아 읽을 용기가 있을까? 또다시 지옥으로 돌아가고 싶은 생각은 없다. 내가 딛고 서 있는 땅이 너무도 불확실하다. 매 순간 흔들려 넘어질 것 같은데, 그런 나 자신이 더 약해져서 좋을 게 뭐란 말인가?

난 자리에 앉는다. 눈을 감는다. 조용하고 슬픈 밤이다. 체념의 밤. 내가 이 집에 살 수 있었을까? 내겐 주느비에브처럼 클라라가 남겨둔 공허와 맞설 힘이 없었을 것이다. 주느비에브는 클라라를 잊은 적이 없다. 그녀는 부재하는 클라라와 사는 법을 배우기 위해 여기로 피신한 것이다. 반대로 난 클라라가 달아나도록, 내 기억과 내 몸에서 사라지도록 내버려두었다. 난 그애를 두 번 잃은 셈이다.

클라라. 얼마나 오랫동안 널 생각하지 않은 걸까? 널 찾아나서기가 두렵다. 널 발견하는 게 두려워. 내 안에 어떤 장벽이 있다. 용서해다오. 난 유령 아이의 아빠가 될 순 없으니까. 더는 존재하지 않는 걸 살려놓을 만큼의 믿음이 내겐 없단다.

난 주방으로 돌아가 버찌가 담긴 그릇과 물병을 집어든다. 그리고 이 집 안에서 장님처럼 헤매고 다니지 않기 위해 불을 켜둔다. 이 모두를 똑똑히 보고 싶으니까.

다시 복도로 나온다. 이젠 달아나고 싶은 생각이 없다. 주느비에브를 다시 보아야 한다. 그녀의 목소리를 듣고 또 들어야지. 그 목소리가 잠시도 멈추지 않고 울리도록 해야지. 우리가 서로를 잃게 될 운명이라는 걸 한순간이나마 잊고, 무한히 펼쳐진 풍경처럼 우리 앞에 삶이 아직 전개될 수 있음을 믿고 싶다.

방문 앞에 이르러 가볍게 노크를 한 뒤 곧 들어간다. 그녀는 내가 방에서 나왔을 때와 똑같은 자세다. 두 팔의 위치도 그대로다. 눈을 감고 있다. 잠든 걸까? 난 조용히 침대 곁으로 다가간다. 그리고 그녀의 모습을 응시한다. 그녀의 숨소리가 가빠진다. 때로 눈꺼풀 밑이 가늘게 떨린다. 그녀를 품에 꼭 안고서 그렇게 가버리지 못하도록 막고 싶다. 마지막 순간을 그녀 혼자 감당하도록 어떻게 내버려둘 수 있을까? 누가 그 고통을 덜어줄까? 누가 그녀의 손을 잡아줄까?

잠든 그녀의 몸 앞에서 난 이제 도망칠 수 없다는 걸 이해한다. 막다른 길에 몰리고 만 거다. 내게서 몇 센티미터 떨어진 자리에 누워 있는 병든 주느비에브의 몸이 그걸 말해준다. 이번엔 달아날 수 없다. 난 그녀를 위해 여기에 있다. 난 여기에 있다.

"갔다 왔어? 오는 소릴 못 들었는데."

"발소리를 죽여 걸었어. 당신이 자는 것 같아서. 잠깐만 기다려. 커튼을 닫아줄게. 조금 열어두었거든."

다음 순간 난 창문 앞에 선다. 내 마음의 동요를 그녀가 알아채지 못하기를 바라면서.

"내 걱정은 하지 마, 뱅상. 난 어느 정도 마음을 비웠으니까. 제일 힘들었던 건 몇 주 전이었어. 이제 모든 게 끝났고 클라라를 다시 보지 못한 채 죽어야 한다는 걸 알았거든. 어이없는 일이지 않아? 내 죽음이 확실해지고야 그애의 죽음을 마침내 믿게 되었으니까. 그전엔 무언가…… 희망 같은 게…… 아니, 이 말은 너무 강해. 아이를 십오 년씩이나 기다리고도 언젠가 돌아오기를 계속 바랄 순 없는 노릇이지. 하지만 그애의 실종을 둘러싸고 막연한 무언가가…… 불확실한 부분이 있어. 일말의 가능성 같은 것. 기적이란 게 있으니까. 더없이 절박한 상황에서도 거기서 벗어날 수 있다고 믿는 법이거든. 지옥 같은 상황에서도 버틸 수 있는 건 분명 그 때문일 거야."

그녀가 나를 바라본다. 맑은 얼굴로. 아름다운 여자다. 우리가 왜 서로 사랑했는지 알 것 같다.

"그런데 의사가 나한테 마지막이라고 하는 거야. 난 마치 아주 긴 꿈에서 갑자기 깨어난 사람처럼 자신에게 물었지. 이제 나한테 남은 게 무얼까 하고. 그냥 곁에 두고 갈 수 없는 중요한 무엇이 아직 있는가 하고. 대답은 분명했어. 그건 당신이었지. 우리가 함께 나누었던 것, 뱅상, 우리 두 사람의 사랑, 그리고 클라라, 그애의 실종…… 이게 내 삶이야. 이 삶이 누린 기쁨과 상처. 나머지는 하나도 중요하지 않아. 왜 삶의 밝은 면만 기억해야 하는 걸까? 빛을 눈부시게 만드는 건 어둠인데 말이야. 이렇게 말하면 끔찍하게 들릴지 모르지만, 만일 우리가 클라라를 잃지 않았다면 어땠을까? 아마도 난 순간의 가치를 몰랐을 거야. 흙과 소소한 것들의 가치, 당신과 내가 함께하는 이 몇 시간의 가치를. 우리의 사랑보다도 강한 우정을 말이지. 슬퍼하지 마, 뱅상. 내가 다른 사람들보다 먼저 간다고 중요한 무언가를 잃는 건 아니니까. 오히려 난 이 순간을 갖게 된 걸 감사해. 영원은 시간 속에 있는 게 아니라 깊이 속에 있기 때문이지. 그것이 주는 현기증 속에 있어. 내가 누구한테 감사하고 있는지 알 수 없어. 죽음이 무언가를 향해 열려 있는지도 모르겠고. 하지만 이 빛은 어떤 방식으로든 지속될 거야. 빛은 사라지지 않고 계속 남아 있어. 그렇지?"

나는 말없이 머리를 끄덕인다. 그리고 그녀에게 웃어 보이려고 한다. 그녀는 상체를 조금 일으켜세우고는 내게 손을 내민다.

"이리 와서 날 안아줘."

난 그녀의 목에 얼굴을 묻는다. 그녀는 추워한다. 아무 말도 하지 말 것. 입에서 나오는 말들은 무기력하다. 마지막 순간의 광채를 발하지 못한다.

"그만 쉴래. 괜찮다면 내 곁에 있어줘."

난 그녀의 흘러내린 머리카락을 귀 뒤로 넘겨준다. 예전에 무척 좋아했던, 그러나 그동안 잊고 있었던 동작이다. 그녀는 눈을 감는다. 그녀의 손가락과 내 손가락이 꼭 맞물려 있다. 난 우리의 손을 조심스레 하얀 시트 위에 내려놓는다. 감히 손을 뺄 생각은 하지 못한 채. 난 정신을 집중해 우리 두 사람의 손을 응시한다. 시야가 흐려져서 어느 부분이 내 살인지 알 수 없게 되어버린다. 마치 나 자신이 녹아서 섞여버린 듯싶다. 차츰 마음이 진정되고 무아의 상태에 이른다. 고통이 점점 사라진다. 난 눈을 감는다.

퍼뜩 정신이 든다. 방 안이 덥다. 살갗이 축축하고 목구멍이 칼칼하다. 주느비에브는 아직 자고 있다. 그녀의 손은 내 손에서 풀려나와 있다. 잠시 그녀를 바라본다. 숨소리가 조용해졌다. 난 자리에서 일어선다. 목이 마르다.

방에서 나와 주방으로 간다. 물 두 잔을 마신 다음 원기를 되찾기 위해 수도꼭지 밑에 머리를 들이민다. 한참 동안이나 수도꼭지의 물이 흐르도록 내버려둔다. 눈이 감긴 채, 아무 소리도 들리지 않는다. 이대로 울 수 있을 것만 같다. 눈물이 물과 섞이는 걸 느끼지 못할 테니. 몸을 일으켜세우고 다시 눈을 뜨니 상쾌한 기분마저 든다.

신선한 밤공기가 방 안에 들어올 수 있도록 나는 창문을 연다. 개구리들이 우는 소리가 들린다. 하늘에 별이 가득하다. 밖으로 나가고 싶은 욕구를 애써 누르지 않는다. 문이 삐거덕거리며 조용히 열린다. 몇 발짝을 걸어나와 정원의 촉촉한 풀 위에 앉는다. 또 한번 여름날의 나른함이 엄습해온다.

문득 주느비에브의 언니 로라가 생각난다. 그녀가 어떻게 살고 있는지 나는 주느비에브에게 물어보지 않았다. 그토록 가까운 두 사람이었는데, 그녀가 언니에 대해 내게 아무 말도 하지 않은 게 이상하다. 두 사람 사이의 관계에는 나를 매료시키는 뭔가가 있었다. 두 자매의 유대감은 내게 놀라움을 주었던 한편 내 안에 보이지 않는 상처를 입히기도 했다. 그들의 친밀감은 내가 일찍이 경험하지 못한 무언가를 드러내 보였다. 주느비에브를 만나기 전엔 형제자매가 없다 해서 아쉬움을 느껴본 적이 없었다. 어린 시절의 고독은 나 자신을 형성한 질료 자체였으니까. 그건 숨쉬기만큼이나, 혹은 몸에 난 가벼운 생채기만큼이나 내겐 익숙한 것이었다. 그런데 주느비에브를, 또 로라를 알게 되었을 때, 나는 두 자매 사이의 확고한 유대감과 서로에 대한 깊은 이해를 목격했고, 그리하여 그때까지 가능하다고 생각지 않았던 차원의 정신적 결합을 발견했다. 또 그들 사이에는 내가 온전히 들어설 자리가 없음을 감지하고 있었다. 물론 두 사람은 자신들의 대화에 내가 낄 수 있도록 배려해주었고 종종 내 생각을 묻기도 했지만 말이다. 두 사람만으로도 충분한 관계였기에 난 잉여물에 불과했다. 둘 사이에는 그 무엇도, 그 누구도 절대적인 중요성을 띨 수 없었다.

두 사람의 친밀감은 여전할까? 주느비에브와 내가 실패한 자리에서 둘은 성공했을까? 혈연으로 맺어진 관계는 고통도 극복하는 걸까?

다시 목이 마르다. 일어나 몇 걸음 걷는다. 달은 만월에 가깝고, 별들이 빛난다. 이 광막한 공간을 바라보고 있으려니 마음이 차분해진다. 모든 것이 제자리를 지키고 있는 듯한 느낌. 나 자신의 약한 모습도 이 엄청난 힘과 공간에 어우러져 조화를 이루는 느낌이다. 클라라는 이제 없고, 며칠 후면 주느비에브도 여기 없을 것이다. 그리고 언젠간 나도 가겠지. 그리고 우리가 있던 자리에 다른 이들이 와서 세상의 아름다움에 경탄하며, 6월의 나른함을 맛보겠지. 아마도 이렇게 해서 만사가 형통일 것이다.

집 안으로 들어간다. 주느비에브가 있는 방으로 가기 전에 다시 물을 좀 마시기 위해 주방에 들른다. 밖에 나갔다 오니 기분이 좋다. 마음이 한결 가뿐하고, 마지막 몇 시간 남은 밤과 맞설 새로운 힘을 얻은 느낌이다.

"밖에 나갔다 왔지?"

난 깜짝 놀란다. 그녀가 층계 난간을 붙잡고 내 앞에 서 있다. 속이 비치는 긴 잠옷을 입고 선 모습이 창백하고 비현실적으로 보인다.

"응."

"문소리를 들었어. 정원 산책했어?"

"바람을 좀 쐬고 싶어서. 아름다운 밤이야. 시골엔 거의 와본 적이 없는데…… 그래서 그런지 낯설게 느껴져. 이 냄새, 고요함…… 이 모든 게. 자칫하면 머리가 빙빙 돌 것 같아."

그녀는 미소 띤 얼굴로 고개를 끄덕인다. 잠옷의 흰 어깨끈이 팔뚝 위로 흘러내려와 있다. 난 그 모습을 지켜본다. 가벼운 전율에 휩싸인다. 내 앞에 있는 이 몸은 무엇인가? 병든 몸? 예전에 사랑받았던 몸?

"무슨 일이지? 목이 말라? 뭐 필요한 거라도 있어?"

"그냥, 일어나고 싶었어. 좀 움직이려고……"

난 좀더 조심스레 그녀를 살핀다. 그녀의 두 눈이 빛을 발한다. 숨소리가 빠르고 불규칙하다. 열이 있는 것 같다.

"이리 와, 내가 도와줄게. 나한테 몸을 기대. 어디로 갈까?"

그녀는 머리를 숙인 채 꼼짝도 하지 않는다. 놀랄 만큼 따뜻한 공기로 충만한 이 6월의 밤에, 병이 그녀의 몸을 해치지 않았다면 우리가 나란히 함께 떼어놓았을 한 발짝 한 발짝을 그녀도 나처럼 상상하고 있는 걸까?

그녀의 손을 잡아 힘껏 쥐고 싶다. 그녀를 붙들어둬야지. 사라지지 못하도록 해야지.

"일어난 게 잘한 건지 모르겠어, 뱅상."

이렇게 말하는 그녀의 목이 쉬어 있다. 난 그녀가 말하려는 의미를 이해하지 못한 척한다. 그리고 쾌활한 목소리로 대답하려 하지만 어느새 애원하듯 속삭인다.

"물론이야! 기분이 훨씬 나아질 거야."

우린 지금 무슨 게임을 벌이고 있는 걸까? 모든 것이 끝나가는 시점에서 아직도 그럴 필요가 있을까?

그녀는 불쑥 내 팔을 잡더니 뚫어지게 내 얼굴을 살핀다.

"클라라가 태어나던 날 기억해? 당신은 걱정했지만 조산부는 좋은 여자였어. 우릴 안심시키려고 애썼지. 클라라는 마치 물고기처럼 파닥거리며 나왔어. 당신은 그앨 감히 만져볼 생각도 못했어. 우린 울었지. 난 한 번도 잊어본 적이 없어."

그녀가 아주 낮은 소리로 말했기 때문에 난 마치 꿈을 꾸고 있는 것 같다. 눈을 감는다. 저항한다. 그애에 대한 추억에서 벗어나기 위해 여전히 저항한다.

"그애의 어떤 모습을 기억하지?"

"모르겠어, 주느비에브."

"제발 한 가지만 말해봐. 딱 하나만."

"못 하겠어."

그녀는 이제 입을 다문다. 눈을 들어 그녀를 바라볼 용기가 없다. 그녀의 고통과 마주할 용기가.

"내 안에는 너무도 많은 클라라가 간직되어 있어. 울어대는 아가 클라라. 요람에서 잠든 클라라. 당신이 공중에 던지는 시늉을 해주면 당신 품에서 깔깔대며 웃는 클라라. 할머니 집에서 넘어져 눈두덩이 찢어진 클라라. 그네 타는 클라라. 입학식 날 노란 가방을 등에 멘, 진지하고 자랑스런 표정의 클라라…… 이 모든 장면이…… 머릿속에서 빛을 발하고 있어. 너무도 강렬한 빛을. 아무리 눈을 감아도…… 거기 그렇게 남아, 내 안에 파고들어."

"이리 와, 주느비에브. 정원으로 함께 나가. 단 몇 발짝이라도, 나와 함께 걸어."

그녀는 아직 망설인다. 난 계단을 한 칸 올라가서 그녀 쪽으로 손을 내민다.

"날 믿어."

주느비에브의 손이 불쑥 내 손 안에 들어온다. 불덩이 같다. 아주 천천히 그녀는 계단을 한 칸씩 내려온다. 나도 함께 천천히 발을 옮기려 애쓴다. 심장이 요란하게 뛴다. 난 작은 소리로 말한다.

"내겐 당신 모습들이 있어. 그걸 잊어버렸지. 그런데 당신을 다시 보니 그것들이 떠올라."

"앞으로 간직해줄 거지?"

"그래. 이젠 잊어버리고 싶지 않아."

우린 주방 앞을 지나간다. 난 잠시 멈추어 선다.

"뭐 좀 마시지 않겠어?"

"응. 목이 말라. 물을 마셨으면 좋겠어."

"여기서 기다려. 금방 올게."

난 주느비에브의 손을 놓는다. 그녀는 안락의자 위에 털썩 주저앉는다. 난 그녀의 이마를 손으로 쓰다듬는다. 이마가 땀에 젖어 있다. 난 되도록 부드러운 억양으로 말한다.

"금방 올게."

다시 성큼성큼 계단을 오른다. 나는 욕실을 찾는다. 주느비에브의 펄펄 끓는 이마를 식혀줄 찬 물수건과 타월을 찾는다. 서둘러야 한다. 열이 나고 목마른 그녀가 기진맥진한 몸으로 날 기다리고 있고, 빨리 돌아오겠노라 약속까지 했으니까. 나는 어두컴컴한 어느 방에 들어갔다가 곧 나와서, 역시 어두운 또다른 방으로 들어간다. 나는 무언가에 걸려 비틀거린다. 하마터면 넘어질 뻔하다가 다행히 균형을 잡지만 발목이 아프다. 욕실도 안 보이고 물수건도 찾을 수 없다. 여기 찾으러 온 것들을 포기하고, 아래층에서 조용히 날 기다리는 주느비에브의 원기를 되찾게 해주리라는 생각도 포기한다. 그녀는 내가 클라라 이야기를 해주기를, 클라라에 대해 간직한 모든 기억을 자신에게 들려주기를 기대한다. 하지만 어떻게 그럴 수 있을까? 그애에 대해 이제 아는 게 없는데. 그애에 대해선 내게 아무것도 남아 있지 않은데. 목소리도, 얼굴도. 마음속 깊은 곳에서 모든 기억을 몰아내어, 한때 내가 아버지였다는 사실마저 잊어버렸는데.

마침내 물수건을 발견한다. 빠른 걸음으로 복도를 지나 계단을 내려온다. 주느비에브의 뒷모습이 보인다. 안락의자에 파묻힌 채 꼼짝도 안 하는 것 같다. 머리가 옆으로 살짝 기울어져 있다. 난 주방으로 들어가 잔에 물을 채운 뒤 물수건을 적신다. 손이 가늘게 떨린다. 아무 생각도 않으려고 세면대 안에서 튀고 소용돌이치는 찬물에 정신을 집중한다. 손가락이 얼어붙는 것 같다. 물이 계속 흐르도록 내버려둔다. 곧 손에 감각이 없어진다. 잠시 마비 상태에 든다. 고통이 모두 사라진다.

주방에서 나와 주느비에브에게로 간다. 두 눈을 크게 뜬 채 꿈짝도 않는 그녀의 모습에 흠칫 놀란다. 그녀는 내가 오는 소리를 못 들은 것 같다.

"주느비에브?"

여전히 꿈짝도 안 한다. 눈을 뜨고 있지 않았다면 아마도 깊이 잠들었다고 여겨도 좋으리라. 그녀는 지금 어디에 있는 걸까?

한 손을 그녀의 어깨 위에 올려놓는다.

"주느비에브. 물 한 잔 가져왔어. 마셔. 기분이 좋아질 거야."

여전히 움직임이 없고, 대답도 없다. 한곳에 고정된 눈길을 보니 겁이 난다. 한 손을 그녀 눈앞에 대고 왼쪽에서 오른쪽으로, 오른쪽에서 왼쪽으로 천천히 움직여본다. 반응이 없다. 하지만 빠르긴 해도 규칙적인 숨소리가 들려온다.

공포심을 몰아낼 것. 두려움에 휩싸여선 안 된다. 오로지 주느비에브만 생각하자. 마음을 진정시켜줄 몸짓, 그녀를 소생시킬 몸짓을 생각해내자.

여전히 펄펄 끓는 그녀의 이마에 물수건을 올려놓는다. 내 느낌엔, 주위가 어둡고 나 자신도 몹시 흥분해 있어 어쩌면 잘못된 느낌일 수도 있지만, 그녀가 가볍게 몸을 떤 것 같다. 피부에 닿은 차가운 물수건이 그녀 안에 무언가를 불러일으킨 것 같다. 난 그녀 이마 위에 물수건을 그대로 둔 채 한 손을 잡는다. 그 손을 내 손바닥 안에서 천천히 누르고 어루만진다. 그런 다음 손을 내려놓고 다른 손을 잡으며 그녀의 이름을 불러본다. 한 동작 한 동작 아주 느리게. 덕분에 마음이 차츰 진정된다. 문득 일찍이 알지 못했던 한 가지 사실을 깨닫는다. 병에 대해선 문외한인 나지만, 그래도 몇 분, 몇 시간 이내로 주느비에브가 의식을 회복하리라는 것을 안다. 그녀에겐 아직 내게 할 말이 있으니까. 이건 아직 남아 있는 긴 시련의 첫 고비일 따름이다. 어둠이 조금씩 그녀를 에워싸지만 얼굴 위로 아직 별들이 빛난다.

이젠 두렵지 않다. 마음이 편안하다. 그녀의 이마 위에 놓인 물수건을 치우고 그 자리에 입을 맞춘다. 잠시 동안 주느비에브를 집어삼켰던 캄캄한 호수에서 그녀가 떠오르기를 기다린다.

그렇게 얼마나 시간이 지났을까? 십 분? 한 시간? 시간은 이제 흐르지 않고 얼어붙어버렸다. 아니면 녹아서 사라진 건지도 모르지. 이제 시간은 존재하지 않는다. 시간이 영향력을 행사할 수 없는 공간 속에 만물이 잠겨 있을 뿐이다. 그때까지 내가 한 번도 침투해본 적이 없는 공간. 삶과 죽음, 움직임과 정지, 기쁨과 슬픔이 뒤섞여 하나가 되어버리는 곳. 그 순간 갑자기 누군가 나타나 말을 건다면 과연 내가 대답할 수 있을지, 그 사람과 같은 언어를 사용하게 될지 잘 모르겠다. 난 지금 주느비에브가 들어가고 있는 세계의 기슭으로 다가서고 있는 중이니까. 이 미지의 새 땅은 나를 나 자신에게서 끌어내 내가 잃어버렸던 자에게로 데려다놓는다. 눈을 깜박이며 내게 희미한 미소를 보내는 주느비에브를 난 바라본다. 그녀 앞에 이렇게 서 있게 되어 행복하다.

"목이 말라."

그녀에게 물을 건네준다. 그녀는 물을 조금씩 다 들이켠 다음 내 쪽으로 얼굴을 든다.

"미리 준비해줘서 고마워."

목소리가 희미해 거의 들리지 않는다. 방금 전에 일어난 일을 그녀는 아는지 모르겠다. 난 그럴 필요가 없을 것 같아 아무 말도 하지 않는다.

"그래. 더 줄까?"

그녀는 아니라고, 고개를 젓는다.

"당신이 날 도와주면 함께 잠시 밖에 나갈 수 있을 거라 생각해? 당신한테 나가고 싶지 않다고 말하긴 했지만, 조금 아까…… 문이 열리는 소리를 들으니까…… 뭐랄까…… 느낌이……"

그녀는 하던 말을 맺지 않은 채 내 눈을 한참 동안 응시한다.

"날갯짓을 하고 싶을 것만 같아."

그녀는 단숨에 속삭이듯 말을 맺는다.

난 가까이 다가가 그녀를 안아준다. 그녀의 몸은 내 몸 밑에서 무너져내릴 것만 같다. 내가 그녀의 몸을 지탱하고 있는 거나 다름없다.

"물론 해낼 수 있을 거야. 나를 꼭 붙잡아. 아주 천천히 걸을 테니까. 걱정하지 마."

한 걸음, 또 한 걸음. 그다음 걸음들에 대해선 생각하지 말 것. 몇 미터 앞에 있는, 아주 멀리 있는, 출구 쪽으로는 눈길을 주지 말자. 품 안으로 점점 더 무겁게 기대오는 그녀 몸의 무게를 견뎌내야 한다. 그녀에게 미소를 보내자. 이렇게 그녀를 부축하기가 얼마나 힘든 일인지 눈치채지 못하도록. 지금처럼, 언제까지나, 그렇게 미소를 보내자.

"거의 다 왔어."

"내 모습이 어떤지 좀 봐…… 내 꼴이 이렇게 되어버리다니, 정말……"

"쉿, 가만히 있어. 바깥 내음이 얼마나 좋은지 알게 될 거야. 내게 꽃 이름들을 말해줘. 난 하나도 모르니까."

그녀는 조용히 머리를 끄덕인다. 난 곁눈질로 그녀를 훔쳐본다. 오른쪽 눈꺼풀 가에 눈물 한 방울이 맺혀 있다. 난 잡고 있던 손에 조금 더 힘을 준다.

우리는 풀 위에 가 앉는다. 문 가까이서 찾아낸 회색 모직 담요로 주느비에브를 감싸 내 양팔에 안은 채. 한참이나 우리는 말이 없다. 그녀의 냄새가 나를 휘감아온다. 나는 눈을 감는다.

"저기, 옆에 있는 건 목련이야. 지금은 꽃이 필 시기가 아니지. 4월 초에 아름다운 흰 꽃들이 피어나. 저쪽에 더 멀리 있는 건 협죽도야. 내가 좋아하는 나무지."

그녀는 들릴락 말락 하는 목소리로 천천히 말한다. 그녀가 내 앞에서 마지막 힘을 내고 있다는 걸 안다. 난 숨을 크게 들이마신 다음 단숨에 이야기한다.

"물론 그애가 태어나던 날이 기억나. 당신보다 더 조바심을 냈지. 믿을 수가 없었어. 아이가 영 나오지 않을 것만 같았지. 그러다 마침내 클라라가 세상에 나왔을 때 내질렀던 울음소리가 기억나. 그 울음소리가…… 굉장히 컸지…… 마치 내 몸이 흐느적거리며 해체되는 느낌이었어."

그녀는 아무 말도 하지 않는다. 난 눈을 떴다가 곧 다시 감는다. 내 안에서 추억들이 떠오르는 걸 느낀다. 점점 더 거세게 몰아닥치는 일련의 파도들, 이 밀물과 썰물에 맞서 이제 난 아무것도 할 수 없다. 주느비에브가 내게 몸을 기대고 있다. 그녀 안에 아직 생명이 고동치고 있음이 느껴진다. 그리고 클라라가 우리

와 함께, 우리 사이에 있다. 클라라가 여기 있다. 그렇다면 난 그 앨 잃은 게 아니다. 클라라가 우리 둘 사이에, 엄마와 아빠 사이에 있다.

"우리가 이사한다는 걸 그애한테 말해주었을 때 그애가 얼마나 낙심했는지 기억나지? 애가 그 지경까지 갔던 건 아마도 그때가 처음이자 마지막이었을 거야. 얼마나 화를 내던지…… 온종일 그애를 달래야 했어…… 또 그애 친구들을 불러 처음으로 생일파티를 열어주었던 날이 기억나. 아마 네 살인가 다섯 살 되던 해였지? 그날 그앤 예쁘게 단장을 했지."

"파란색과 오렌지색이 섞인 원피스였어. 나도 생각이 나. 그앤 정말 자랑스러워했지!"

"두 눈이 반짝거렸어. 가지고 있던 목걸이란 목걸이는 모두 목에 걸었지. 십 년 후면 이미 어엿한 아가씨가 되어 있을 거라고 나는 생각했어……"

나는 주느비에브의 등을 어루만진다. 그리고 머리카락도. 대기가 놀랄 만큼 포근하다.

"그애 친구 이름이 뭐였더라? 소피? 줄리?"

"카미유."

"카미유. 당신 말이 맞아. 귀여운 애였지. 지금쯤 그앤 어떻게 되었을까?"

다시 침묵이 찾아든다. 난 카미유의 모습을 기억 속에서 더듬는다. 하지만 잘 떠오르지 않는다. 주느비에브가 몸을 좀더 움츠리고 내 품 안으로 파고든다. 얼굴을 나를 향해 돌리더니 내 가슴에 묻는다.

"지금 모든 게 끝났으면 좋겠어."

그녀가 속삭인다.

"여기, 당신 품 안에서. 그러면 두렵지 않을 것 같아."

난 그녀를 품에 꼭 안는다. 문득 우리가 서로 얼마나 사랑했는지 깨닫는다. 그 사랑의 힘이 너무도 분명히 느껴져 잠시 할 말을 잃는다. 그러니까 행복은 다름아닌 그녀와 나, 두 사람이었다. 그렇게 단순한 것이었다. 그리고 우리가 함께 나누었고 그 후 잃어버린 모든 것이 이 사랑에 속해 있다.

그녀의 몸이 가볍게 떨린다.

"추워?"

대답 대신 그녀는 내 어깨에 더 바싹 몸을 기대오는 걸로 만족한다.

"그만 안으로 들어가는 게 좋겠어, 주느비에브. 당신이 추우면 안 되니까."

그녀는 고개를 젓는다. 그녀의 입 안에서 무슨 말인가 맴도는데 알아들을 수가 없다. 그녀 쪽으로 몸을 더 기울여 듣는다.

"추워도 괜찮아. 좀더 여기 있고 싶어."

난 조용히 머리를 끄덕인다. 밤도 주느비에브를 어쩌지 못한다. 이제 말은 중요하지 않다. 무언가가 내 안에서 뜨겁게 타오른다. 빛인지 혹은 고통인지 알 수 없다. 난 눈을 감는다.

우리에게 달리 방법이 있었을까? 흔들리지 않고 서로의 곁을 지킬 수 있었을까? 헤어지지 않을 수 있었을까? 너무 일찍 포기한 걸까?

이 의문은 영원히 풀리지 않은 채 남아 있을 것이다. 이젠 너무 늦었고, 이미 종착지에 이르렀으니까. 삶은 그렇게 완수되어, 되돌아갈 수도, 새롭게 운을 시험해볼 수도 없게 되었다. 난 주느비에브의 머리에 입을 맞춘다. 착각인지 모르지만 바다 냄새가 나는 것 같다. 그건 사막에서 목마른 여행자들의 눈 앞에 갑자기 나타나는 물줄기와도 유사한 신기루임을 나는 안다. 이미 한참 전에 주느비에브의 머리에선 바다가 물러나고 대신 병과 땀 냄새만 남아 있을 테지만, 그게 무슨 상관인가. 난 잠시 주느비에브의 머리 향기 속에 머문다. 우리 두 사람을 결합시켜준 힘을 그렇게 해서 되찾는 것 같다. 그리고 행복을 느낀다.

우린 포근한 밤공기 속에서 그렇게 말없이 부둥켜안고 있다. 주느비에브는 잠이 든 것 같다. 눈꺼풀이 닫혀 있고, 몸도 움직이지 않는다. 이따금 난 눈을 뜨고 그녀의 얼굴 표정을 살피고 호흡이 정상인지 확인한다. 그런 다음 안심하고 다시 눈을 감는다. 우리의 마지막 밤을 음미하기 위하여.

방으로 다시 올라가야겠다고 마음먹었을 때가 몇 시였는지 모르겠다. 나 역시 잠들었던 것 같다. 몸이 감각이 없고 불안정하다. 주느비에브가 나를 바라본다. 생기를 잃은 두 눈 깊은 곳에서 미소의 흔적이 보이는 듯하다.

"이제 들어가야겠어. 내가 부축해줄게. 나한테 체중을 모두 실어서 꼭 기대."

밖으로 나올 때보다 그녀의 몸이 한층 무겁게 느껴진다. 그 사이 생명이 조금 더 빠져나간 걸까? 한 걸음 한 걸음을 떼어놓기가 힘겹다. 몇 번이나 넘어질 뻔했는지 모른다. 그녀의 이가 부딪치는 소리가 들린다. 그녀가 추워한다. 난 그녀를 더 세게 끌어안는다. 내가 힘들어하는 모습을 그녀가 눈치채지 못했으면 좋겠다. 스물다섯 살 적의 그녀를 내가 웃으며 들어올렸을 때와 똑같이, 힘들이지 않고 거뜬히 자신을 안고 있다고 믿었으면 좋겠다.

마침내 집 앞에 이른다. 문을 미니 아까처럼 삐거덕 소리를 내며 열린다. 집 안이 바깥보다 더 서늘하다. 난 주느비에브를 안락의자에 앉힌 뒤 주방으로 간다. 그리고 억지로 치즈 한 조각을 먹는다. 아직 몇 시간 더 버티려면 힘을 내야 하니까. 주방 한가운데 선 채로 한 입 한 입을 한참 동안 정성들여 씹는다. 배가 고프지 않아도 삼킨다. 오랫동안 잊고 있던 옛날 일이 왜 이 순간 떠오르는지 모르겠다. 어머니가 만들어주신 푸짐한 간식을 어쩔 수 없이 순종하며 꼭꼭 씹어 삼켜야 했던 어린 소년의 모습이. 너무 야윈 아들의 모습을 도저히 간과할 수 없으셨던 어머니는 무슨 수를 써서라도 아들에게 '통통한 볼'을 되찾아주기로 결심하신 것이다.

"뱅상?"

난 어느새 그녀 곁에 와 선다.

"무슨 일이지?"

"뭐든 나한테 읽어줬으면 좋겠어."

그녀는 힘들여, 천천히 말한다.

"뭔가 읽어달란 말이지? 알았어. 한데 무얼 읽어줄까? 어떤 글을 읽어주면 좋을까?"

난 이렇게 물으며 주변을 둘러본다. 책들은 어디에 있는 걸까? 아직 한 권도 눈에 띄지 않았는데. 순간 그녀는 내 생각을 알아챈 듯 말했다.

"찬장 뒤 나무 선반 위에 있어. 몇 권 안 되지만. 열다섯 권 남짓 될까…… 꼭 필요한 책들만 남겨두었어. 살아가는 데 도움을 주는 책들만. 다른 책들은…… 여기 도착한 지 얼마 안 돼 모두 버렸어."

난 아연한 표정으로 그녀를 바라보았다. 그녀는 독서광이 아니었던가! 그런데 오랜 세월 늘 곁에 두고 살던 그 많은 책들을 포기할 용기를 어떻게 낼 수 있었단 말인가? 그녀에게 물어보지 않곤 배길 수 없었다.

"대체 왜 그런 거지?"

그녀는 눈을 감은 채 들릴락 말락 한 소리로 한 마디 한 마디 말을 이어갔다.

"더는 불필요한 것들을 짐스럽게 가지고 있고 싶지 않았어. 과육처럼 본질적인 것만 간직한 채 삶에 더 바싹 다가설 수 있도록. 정신을 무겁게 하지 않으려고…… 클라라 없이 산다는 게 너무 힘겹게 느껴져서…… 내가 가진 책들을 읽고 또 읽었지. 그럴 때마다 똑같은 기쁨에 사로잡히고 마음이 편안해지는 걸 느꼈어. 내가 이 책들에서 찾아낸 행복을 당신이 알까?"

그녀의 말에 귀 기울이면서 나는 혼자 다른 생각을 하고 있었다. 그녀가 보관하기로 마음먹은 책들은 어떤 책들일까? 나라면 어떤 책들을 선택했을까?

"한 권 골라. 기다릴게."

난 선반으로 다가간다. 책들이 빼곡히 꽂혀 있다. 하지만 다른 책들을 얼마든지 꽂을 수 있을 만큼 빈자리가 많다. 그래도 지난 십오 년간 주느비에브가 마음의 양식으로 삼는 데 이 책들로 충분했던 듯싶다. 우선 성서가 눈에 띈다. 그리고 시집 몇 권과 희곡집, 소설이 있다. 난 책들에 감히 손을 갖다대지 못한 채 잠시 그대로 바라보고만 있다. 대부분 내가 아는 책들이지만, 한 권 한 권 어떤 신성한 기운을 발산하는 것 같다. 그러다 주느비에브가 기다리고 있다는 생각이 퍼뜩 들어 베를렌의 시집에 손을 뻗친다. 조심스럽게 시집을 꺼내든다. 옛 판본인, 내가 아는 책이다. 우리가 처음 만났을 때 주느비에브는 이미 이 시집을 갖고 있지 않았나 싶다. 난 주느비에브의 말을 생각하며 한 손으로 책의 표지를 쓰다듬는다. 이 시들이 그녀에게 얼마나 중요한 것이었나를 이해하고 감동을 받는다. 한 인생의 가치는 각자가 선택하는 것들에 의해 결정된다는 그녀의 생각이 옳다는 걸 깨닫는다.

다시 그녀 옆에 와 선다. 그녀는 눈을 감고 있다. 난 그녀의 손을 잡는다.

"당신 방으로 올라갈까?"

그녀는 싫다는 몸짓을 한다. 난 담요 한 장을 더 가져다가 그녀의 몸을 덮어준다. 그녀의 입술은 잿빛이고, 얼굴도 밀랍처럼 창백하다. 그녀는 내 손을 잠시 자기 가슴에 대더니 놓아버린다. 기력이 다한 모습이다. 난 시집을 아무 페이지나 열어 그녀에게로 몸을 기울인 채 읽기 시작한다.

여명이 밝아오기에, 새벽이 되었기에,
오랫동안 나 자신에게서 도망쳤건만
내가 부르고 간청하는 희망이 내게로 돌아서고 싶어하기에,
이 모든 행복이 내 것이 되기를 원하기에,

이제 우울한 생각들은 막을 내리고,
악몽도 끝이 나고, 아! 무엇보다 야유와
불만에 찬 얼굴, 그리고 영혼 없는 정신이 기승을 부리던
말들이 사라진다.

난 머리를 뒤로 젖히고 있는 그녀를 바라본다. 입술이 약간 벌어져 있다. 모든 것을 포기한 듯한 표정이 역력한 그녀에게 시선을 고정시킨 채, 난 시를 계속 읽어나가지 못하고 잠시 그대로 있는다. 이것이 우리가 함께하는 마지막 순간임을 이제 난 깨닫

는다. 목이 메어온다. 눈꺼풀로 올라오는 눈물을 참기 위해 안간힘을 쓴다. 혼신의 힘을 다해 그녀 목의 점에서 눈을 떼지 않지만 결국 시야가 흐려진다. 바로 그 순간 탄식과도 같은 그녀의 목소리가 들린다.

"정말 아름다워!"

난 그녀를 향해 눈길을 든다. 그녀의 얼굴이 기쁨으로 빛난다. 난 놀라 가만히 있는다. 감히 몸을 움직일 생각도 못 한 채 겨우 숨만 쉰다. 그녀가 이곳을 떠나가고 있다. 머나먼 곳으로의 비상이다. 그녀의 입술이 옴지락거리는데, 무슨 말인지 알아들을 순 없지만 짐작할 수 있다.

"계속 읽어줘."

난 다시 책을 잡는다. 손이 떨린다.

계속할 수가 없다. 그러질 못한다.

난 그녀를 다시 바라본다. 그녀가 기다리고 있다. 그 순간 난 자세를 바로잡고 숨을 가다듬는다. 끝까지 해낼 수 있을진 알 수 없지만 책을 읽는다. 한 자 한 자, 천천히 또박또박.

마주쳤던 악한 자들과 어리석은 자들 앞에서
움켜쥐었던 주먹과 분노도 물러가고,
끔찍한 원한도 물러간다! 혐오스런 술에서 찾던

망각도 물러간다!

난 이제 빛의 존재가 칠흑 같은 내 밤에,
불멸의 첫 연인에게서 발산되었던
그런 광명을 던져놓았길 원하니까.
우아함과 미소, 자애로움이 가득한……

그녀의 얼굴에 여전히 미소가 머물러 있다. 난 그녀 쪽으로 몸을 기울인 채 작은 소리로 마지막 남은 시구를 단숨에 읽어나간다.

"육체는 가지만 영혼은 영원하다."

내 착각이었는지 모르지만, 그녀가 언뜻 온몸을 떨었던 것 같다. 난 그녀를 품에 안는다. 주느비에브를. 무언가 내 안에서 뜨겁게 타오른다. 일찍이 경험한 적이 없는 그것은 고통의 불길이면서 동시에 기쁨의 불길 같다.

바로 그 순간, 주느비에브를 꽉 껴안고 그녀의 감긴 눈꺼풀에 그녀가 아직 느낄 수 있는진 알 수 없지만 부드럽게 입을 맞춘 그 순간, 클라라의 얼굴이 눈앞에 떠오른다. 너무도 생생하고 선명해서 마치 그애가 내 곁에 있는 듯하다. 그토록 또렷하게 그애의 모습을 다시 보긴 처음이다. 너무나 강렬한 충격이어서 마치 심장 한복판을 얻어맞은 듯 나도 모르게 신음 소리가 새어나온다. 난 비틀거리지 않으려고 안락의자 팔걸이를 꽉 붙잡는다. 주느비에브는 꼼짝도 하지 않는다. 이제 내 목소리가 들리지 않는 게 분명하다. 몇 초 뒤에 그애의 모습은 사라졌지만 머릿속에 현기증 같은 것이 남아 있다. 눈물이 조용히 뺨을 타고 흘러내린다. 이번엔 눈물을 참으려고 애쓰지도 않는다. 주느비에브는 이미 너무 멀리 가 있어 그걸 알아챌 수도 없다. 난 사라져가는 주느비에브 곁에서 울고 있지만 그녀는 내가 우는 것도 모른다. 난 혼자 운다. 주느비에브를 붙들 수 없어 운다. 주느비에브를 잃고 있는 이 순간, 내 안에서 영원히 지워져버렸다고 생각했던 딸아이의 얼굴이 다시 나타난다. 삶은 어떻게 같은 순간에 거두어가고 주는 것일까?

어둑새벽의 빛이 밝아온다. 나는 집에 자물쇠를 채운다. 날이 벌써 환하다. 오늘도 화창한 여름 하루가 될 것 같다. 나는 가에 꽃들이 심겨 있는 집의 출입로를 천천히 걸어나온다. 주느비에브에게서 받은 파란 봉투를 겨드랑이에 낀 채로.

주느비에브의 장례를 치른 직후 합의를 본 대로 난 이웃집 우편함에 집 열쇠를 넣어둔다. 차에 시동을 걸기 전에 마지막으로 눈을 들어 집의 파란 덧창을 바라본다. 마치 곁에 주느비에브가 있는 것처럼 느껴진다. 노래하는 듯한 나지막한 목소리도. 눈을 감는다. 주느비에브는 이제 없지만, 그래도 난 마지막 순간까지 그녀의 손을 잡고 있었다. 그녀가 숨쉬기를 멈추었을 때 눈을 감겨주었고 이마에 입을 맞추었다. 그러자 내 마음속에서 두려움이 사라졌다. 이제 비틀거리지 않고 두 발로 설 수 있게 되었다.

아직 잠들어 있는 마을 안에서 천천히 차를 몬다. 중앙 광장에 이르자 졸고 있던 고양이 두 마리가 퍼뜩 잠에서 깨어나 눈앞에서 야옹 소리를 내며 달아난다.

국도는 텅 비어 있다. 오늘이 일요일이란 걸 잊고 있었다. 네 시간 후면 난 다시 파리에 돌아가 있을 것이다. 어제 저녁 해질 무렵 집 안에 혼자 남게 되었을 때 파스칼에게 전화를 했다. 그녀는 지체 없이 전화를 받았다. 그녀의 목소리를 들으니 기뻤다. 난 그녀에게, 모든 게 마무리되었고 곧 돌아가겠다는 말만 했다. "기다릴게"라고 그녀는 대답했다. 자동차 핸들에서 손을 떼지 않은 채 한 손으로 옆 좌석에 놓인 파란 봉투를 연다. 그리고 사진 한 장을 꺼낸다. 클라라의 여섯 살 적 모습이다. 그앤 장난기 가득한 표정으로 카메라를 향해 웃고 있다. 컬을 이룬 긴 머리칼이 어깨 위로 늘어뜨려져 있다. 내가 선명히 기억하는 회색 스웨터 차림이다. 이 사진을 찍은 기억은 없지만 내가 찍은 게 분명하다. 주느비에브가 사진을 찍는 일은 드물었으니까. 이 사진은 주느비에브가 죽은 직후 그녀의 머리맡 탁자 서랍 속에서 찾아낸 것이다. 사진은 좀 누렇게 바랬고, 네 귀퉁이가 살짝 오그라들어 있다. 주느비에브는 분명 이 사진을 수없이 바라보며 가슴에 품었을 것이다. 난 사진을 다시 제자리에 넣고 봉투를 닫는다. 언제 이 노트들을 읽어보게 될까? 잘 모르겠다. 우리가 함께 겪어야 했던 우울한 시기 동안 주느비에브가 느낀 고통을 직면할 용기가 생길 것 같지 않다. 이 노트들이 내 곁에 있음을 아는 걸로 족하다. 주느비에브가 원한 것도 그것이다.

지난 며칠간의 장면들이 머릿속을 스치고 지나간다. 베개 위에 놓인 주느비에브의 창백한 얼굴이 왜 그렇게 또렷이 떠오르는지 모르겠다. 그녀가 죽기 몇 시간 전 난 그녀의 얼굴에 크림을 발라주었지. 주느비에브는 이미 의식을 잃고 있었지만 난 그녀의 피부가 전과 다름없이 부드러움을 유지하길 바랐으니까. 그건 분명 하찮은 동작처럼 보일 테지만, 육체가 이곳을 영영 떠나는 마당에 정말로 중요한 동작이 따로 있단 말인가? 크림이 스며들게 하려고 그녀의 이마, 뺨, 입술 위에 가닿는 내 손길이, 마지막까지 내가 그녀와 함께함을 그 어떤 말보다 그녀에게 확실히 느끼게 해줄 것이라 믿고 싶었다.

파스칼이 생각난다. 우린 함께 산책을 하러 나갈 것이며 센 강기슭을 말없이 거닐 것이다. 그런 다음 어딘가 들러 무얼 좀 먹거나 마시겠지. 날씨가 더울 것이다. 그녀는 내가 좋아하는 베이

지색 원피스를 입고 있고, 난 그녀의 모습을 바라볼 것이다. 그녀는 내게 아무것도 묻지 않을 것이며, 난 그런 그녀에게 고마움을 느끼겠지. 우린 집으로 돌아올 것이다. 주느비에브에 대해선 그녀에게 말하지 않을 것이다. 주느비에브와 나, 두 사람의 이야기는 우리 둘만의 것이기에, 빛나는 추억으로 그저 내 안에 간직하고 싶으니까. 우리가 함께한 마지막 순간 역시.

어쩌면 그녀에게 클라라의 사진을 보여주며 이애가 내 딸이라고 말하고 싶을지 모르겠다. 어쩌면 그녀한테 클라라 이야길 해주고 싶을지도. 그애의 긴 머리칼과 진지한 표정, 바이올린 레슨과 친구 카미유, 또 밤마다 잠들기 전 그애가 잊지 않고 침대 속에 재웠던 인형들에 대해서도. 그래, 그녀에게 기쁜 마음으로 우리의 이야길 들려줄 수 있을 것 같다.

지은이 **로랑스 타르디외**
1972년 프랑스 마르세유에서 태어났다. 프랑스 고등상업학교(ESSEC)를 졸업한 후, 컨설팅 회사에서 이 년간 일했다. 2002년 첫 소설 『아버지처럼』을 발표했다. 2004년 『레아의 심판』으로 르클레르크 서점 상을 수상하고, 2006년 『영원한 것은 없기에』를 발표, 알랭 푸르니에 상과 르 프랑스 모리스 로맨스소설 상을 수상했다. 2007년 『사랑의 꿈』을 발표했다.

옮긴이 **이창실**
이화여자대학교 영어영문학과를 졸업하고, 프랑스 스트라스부르대학 응용언어학 과정을 이수한 뒤, 이화여자대학교 통번역대학원 한불과를 졸업했다. 『앙드레 말로』 『글렌 굴드, 피아노 솔로』 『프란츠 카프카의 고독』 『누보 로망, 누보 시네마』 『키에르케고르』 『번영의 비참』 『길모퉁이에서의 모험』 『빈센트 반 고흐』 『누가 후계자를 죽였는가』 『광기의 풍토』 등을 우리말로 옮겼다.

문학동네 세계문학
영원한 것은 없기에

초판인쇄 2008년 10월 25일 | 초판발행 2008년 11월 5일

지은이 로랑스 타르디외 | 옮긴이 이창실 | 펴낸이 강병선

책임편집 김지연 | 디자인 윤종윤 이원경 박명희
마케팅 장으뜸 방미연 정민호 신정민 | 제작 안정숙 차동현 김정후

펴낸곳 (주)문학동네 | 출판등록 1993년 10월 22일 제406-2003-000045호
주소 413-756 경기도 파주시 교하읍 문발리 파주출판도시 513-8
전자우편 editor@munhak.com | 전화번호 031) 955-8888 | 팩스 031) 955-8855

ISBN 978-89-546-0697-4 03860

www.munhak.com